Le Stradivarius de Goebbels

YOANN IACONO

Le Stradivarius de Goebbels

ROMAN

© SLATKINE & CIE, 2021

Le Code de la propriété intellectuelle interdit les copies ou reproductions destinées à une utilisation collective. Toute représentation ou reproduction intégrale ou partielle faite par quelque procédé que ce soit, sans le consentement de l'auteur ou de ses ayants droit ou ayants cause, est illicite et constitue une contrefaçon sanctionnée par les articles L335-2 et suivants du Code de la propriété intellectuelle.

Pour Sigrid et notre fille adorée, Adèle.

Si la réalité dépasse la fiction, c'est que la fiction doit rester crédible, pas la réalité.

Mark Twain, *En suivant l'Équateur*, 1897

Recel : fait de dissimuler, de détenir ou de transmettre une chose en sachant que cette chose provient d'un crime ou d'un délit. Constitue également un recel le fait, en connaissance de cause, de bénéficier, par tout moyen, du produit d'un crime ou d'un délit. Le recel est puni de cinq ans d'emprisonnement.

Article 321-1 du Code pénal français

N'attendez pas le jugement dernier. Il a lieu tous les jours.

Albert Camus, *La Chute*, 1956

Avant de recevoir ce colis, je n'avais plus repensé à cette histoire. C'était il y a quelques jours, un samedi matin, dans mon appartement parisien, rue Auguste Comte. Je jouais de la trompette debout, devant la fenêtre de mon salon, *Almost blue* de Chet Baker, en observant deux enfants qui se poursuivaient autour de la statue de Charles Baudelaire, dans le jardin du Luxembourg. Il y eut des coups assez violents frappés à la porte, un coursier présenta un bon à signer et me remit un colis volumineux en provenance du Japon.

Je l'ouvris méticuleusement, comme s'il s'agissait d'un paquet piégé, et découvris quatre carnets écrits en *kanji* japonais sur du papier *washi* traditionnel avec des couvertures aux ornements bleu et or. Le mot d'accompagnement rédigé en français disait :

Une journaliste du New York Times *cherche à me rencontrer. Ces rumeurs sur mon violon ne cesseront donc jamais. Je l'ai enfermé dans le coffre gris et froid de ma banque à Tokyo dont il ne sortira plus, jusqu'à ce que mon neveu en hérite à ma mort. Voici mes carnets personnels, je vous laisse seul juge de ce que vous penserez bon d'en faire.*

La femme qui m'écrit s'appelle Nejiko Suwa. Elle a quatre-vingt-deux ans et elle est la violoniste la plus célèbre du Japon. En France, personne ne la connaît.

Je suis entré dans sa vie, j'ai passé des années à la suivre, j'ai voulu enquêter sur elle, sur son violon. Mais jusqu'à ce que je tienne ses carnets en main, je m'étais résigné à vivre avec son fantôme. J'ai essayé de broder les quelques fils que j'avais mis tant de temps à rassembler. Mais je ne suis que trompettiste de jazz, le langage des mots ne m'est pas familier, seule la musique me parle.

À présent que Nejiko Suwa m'a donné son *la* – ou plutôt son *ma* –, je peux tenter de composer avec ses mots, à ma façon.

Paris, le 3 août 2002

Fantaisies

Paris 1943-1944

1

L'histoire commence en Allemagne le 22 février 1943, vingt jours après la chute de Stalingrad. Le matin, à Munich, Sophie Scholl, 21 ans, est guillotinée avec son frère pour avoir distribué à l'Université des tracts appelant à la résistance contre Hitler. Le soir, à Berlin, le ministre de l'Éducation du Peuple et de la Propagande du Reich Joseph Goebbels offre un violon Stradivarius à Nejiko Suwa, jeune virtuose japonaise.

De nombreux officiels nazis, des soldats, l'ambassadeur du Japon en Allemagne Hiroshi Oshima, assistent à la scène de remise du violon. Tous se félicitent de cette cérémonie qui cimente l'alliance des deux nations. Le champagne coule, les lustres du palais brillent en l'honneur de la grandeur du Reich et de son Führer. Dehors, c'est un désastre, partout les cris de désespoir, les corps déchiquetés, les blessures qui s'infectent, les poings et les bottes qui frappent.

Ce soir-là, Goebbels écrit dans son journal qu'il tient quotidiennement, de 1923 jusqu'au dernier jour du bunker :

La fameuse violoniste japonaise Nejiko Suwa a joué pour nous un concerto de Grieg et quelques plus petites pièces de bravoure, avec une superbe technique et un vif talent artistique. Oshima, qui a réussi cette réception, était enchanté. C'est à cette jeune Nejiko que j'ai donné un violon Stradivarius en cadeau. Au vu de sa façon de jouer, l'instrument est entre de bonnes mains.

Parmi toute cette petite foule, le plus heureux est celui qui se fait le plus discret : Herbert Gerigk. Cette soirée est son œuvre, la consécration de son travail au service du Reich. Il a écrit le discours de Goebbels sur la musique et rapporté le Stradivarius de France. Musicologue, ancien chef de la section musique du Parti nazi, il est le directeur du *Sonderstab Musik*, un commando de l'*Einsatzstab Reichsleiter Rosenberg* qui confisque tous les biens de valeur des juifs et les rapatrie en Allemagne. En deux ans, dans la France occupée, il a pillé trente-quatre mille cinq cents maisons et appartements juifs, confisqué des milliers de meubles, de tableaux, un seul stradivarius.

On dit que les violons ont une âme. Les luthiers parlent toujours à voix basse de cette pièce d'épicéa placée à l'intérieur de la caisse de résonance et située à quelques millimètres du pied droit du chevalet. Le placement de l'âme à l'intérieur de l'instrument se fait quand il est terminé, avec une pointe aux âmes.

Avant de remettre le violon au jeune prodige, le protocole prévoit un discours de Goebbels sur la musique. *Le peuple allemand est le premier peuple musicien de la terre*, déclare le ministre de la Propagande. *Il faut en finir avec la musique dégénérée, la cacophonie anti-allemande produite par les nègres et la juiverie.* Tonnerre d'applaudissements. *Nous devons donner notre préférence à ce qui exprime la joie de vivre plutôt qu'à ces partitions judaïquement lugubres ; et pour ce qui est du tempo, il doit être dépourvu de ces rythmiques inversées qui caractérisent les races barbares et favorisent les instincts étrangers au peuple allemand...*

Nejiko écoute d'une oreille distraite. Elle ne peut s'empêcher de penser à Mendelssohn, qu'elle ne trouve pas *judaïquement lugubre*. Sa tante Anna lui a enseigné le violon à partir de son œuvre. Comment ne pas aimer Mendelssohn ? En quoi peut-on qualifier sa musique de dégénérée ?

L'ambassadeur Oshima hoche la tête ostensiblement, il ne s'agit pas de musique mais de diplomatie. La culture autoritaire et impérialiste japonaise de l'ère Showa épouse assez exactement celle du régime nazi. Quand en 1943, le Reich procède à l'extermination de dizaines de milliers de déportés juifs sur les notes de Wagner, de Beethoven ou même de Bach, l'Empire du Japon massacre de concert les Chinois par milliers. Comme la Gestapo, deux polices militaires japonaises, la Kempeitai et la Tokkeitai, sèment la terreur dans les territoires occupés. Comme dans les camps d'extermination nazis, des unités spéciales japonaises mènent des expériences sur des humains. La plus célèbre est l'Unité 731 dirigée par Shiro Ishii où, à son arrivée, chaque détenu se voit attribuer un numéro et perd son statut d'homme. Ces cobayes vivants sont appelés *marutas*, billot de bois ou bûche en japonais, car les paysans locaux sont censés croire que ce camp est une gigantesque scierie où sont livrés des stères de bois. Ces bûches sont des humains. Les expériences portent sur le choléra, le typhus et la peste. Des judas aménagés dans les portes d'acier de chaque cellule permettent aux gardiens de vérifier l'état des *marutas* enchaînés. Ils voient des membres pourris, des bouts d'os qui pointent hors des chairs noires de nécrose. D'autres suent dans une fièvre atroce, se tordent, gémissent de douleur. Quand un détenu survit à une expérience, il est soumis à une autre jusqu'à ce que mort s'ensuive. On se livre à la vivisection, aux amputations. Certains sont bouillis vifs, brûlés au lance-flammes, d'autres subissent des transfusions de sang de cheval, ou sont congelés ou desséchés jusqu'à ne peser que le cinquième de leur poids. Tue tout. Brûle tout. Pille tout. C'est comme une devise au Japon en 1943. Cela pourrait aussi bien être celle de Hitler en Europe.

Le discours de Goebbels se termine sous les acclamations. Ses talents d'orateur font de lui l'un des plus influents ministres du Reich. C'est aussi l'antisémite le plus acharné du régime.

Debout, au premier rang, Gerigk savoure sa victoire : il a convaincu Goebbels que la musique est l'art germanique par excellence et qu'elle doit être le cœur de la propagande du régime nazi, une arme d'asservissement. Quoi de plus servile qu'un orchestre, avec son chef, ses exécutants, ses obéissants, sa cadence, sa mesure ? C'est Gerigk qui a inspiré la mesure du bureau central de la sécurité du Reich autorisant la création d'orchestres – *Lagerkapelle* – dans les camps d'extermination *pour apaiser les prisonniers avant leur mise à mort*.

Gerigk s'approche de Goebbels pour lui remettre le précieux violon qu'il a personnellement rapporté de France. Goebbels tend l'instrument à Nejiko, elle contemple émerveillée la splendeur majestueuse, les reflets chauds du vernis brillant sur le bois centenaire d'épicéa rouge et d'érable.

Du haut de ses vingt-trois ans, Nejiko rayonne. Un turban de soie, une robe traditionnelle japonaise parfaitement ajustée, son large sourire. Tout le monde la trouve ravissante. Il faut dire que se voir confier un Stradivarius si jeune est un privilège inestimable. Une occasion aussi rare pour une jeune Japonaise que de serrer la main de Joseph Goebbels à Berlin.

C'est la première fois qu'elle côtoie d'aussi près un haut dignitaire du Reich. Elle scrute discrètement son apparence singulière et songe à ce que lui a dit son amie Yoshiko : Joseph Goebbels n'a rien de l'idéal esthétique nazi. Plutôt petit, le nez proéminent et pointu, le teint hâlé, son physique méditerranéen le rend moins froid aux yeux de Nejiko, plus accessible. Ses mains sont manucurées, son costume taillé dans un élégant tissu qui lui donne des airs de gentleman.

En l'observant à la sauvette, Nejiko ne remarque pas l'infirmité à la jambe droite qui est pourtant tout sauf un détail pour Goebbels. Les suites d'une mauvaise opération alors qu'il n'avait que six ans, un pied-bot qui le contraint à vivre en permanence avec un appareil orthopédique. Il le dissimule méticuleusement. Un jour, Himmler l'a vu boiter ; pris de court, Goebbels s'est affolé et a mis cela sur le compte d'une blessure de guerre. Un comble pour celui qui a été radié du service militaire en raison de ce handicap et qui en garde un complexe tenace. C'est une blessure intime et personnelle dont la douleur va bien au-delà du simple mal physique. Une rancœur qu'il exprime à sa manière. Avec une haine tenace contre les juifs, les noirs, les homosexuels, les catholiques et même les infirmes comme lui, allant jusqu'à commander la réalisation de films de propagande justifiant l'euthanasie de cette catégorie d'individus, fardeaux de la Nation.

Nejiko s'aperçoit qu'il la regarde aussi. De manière insistante, avec un sourire gourmand. Gênée, elle détourne son visage vers la foule des officiels et des journalistes. Le ministre de la Propagande a fait de cette soirée un événement. Son rôle est crucial dans l'endoctrinement des masses et des journalistes à la cause nazie. Goebbels a toujours su trouver les images pour convaincre. Une grande partie de son charisme vient de là. Un soir, alors que Hitler l'avait invité à fêter son anniversaire, Goebbels lui avait exposé son projet : « L'idéal est que la presse soit organisée avec une telle finesse qu'elle soit en quelque sorte un piano sur lequel puisse jouer le gouvernement ». Prélude à l'oppression.

2

Quelques semaines plus tard, Nejiko retrouve son logement parisien, au numéro 89 de la rue Saint-Louis-en-l'Île. Je vivais alors de l'autre côté de la Seine, rue du Faubourg Saint-Antoine, et je m'aperçois aujourd'hui qu'il s'en est fallu de peu pour que nos vies se croisent plus tôt, dès le Conservatoire de Paris d'où je suis sorti diplômé de trompette, un an avant que Nejiko y entre pour suivre les cours du professeur Kamensky.

Par l'intermédiaire de Gerigk, le Reich a mis à sa disposition un vaste appartement avec cheminée, moulures et murs tapissés d'élégants motifs. Il y a même un piano, et une bibliothèque en bois de châtaignier remplie de romans, de partitions et de recueils de poésie. « Il appartenait à un musicien, lui a fièrement annoncé Gerigk, sentez-vous chez vous. »

Incapable de trouver le sommeil ce soir-là, Nejiko reste étendue dans son lit. Ses yeux fixent la mince flamme de la bougie qui scintille sur le mur blanc de sa chambre. Le vent s'infiltre par sa fenêtre entrouverte et fait imperceptiblement frémir les rideaux bleu pâle. Elle récite pour elle-même à voix basse les haïkus des grands maîtres japonais que sa mère lui a appris enfant. Chuchoter ces éclats de poèmes qui célèbrent l'inéluctable évanescence du quotidien l'apaise depuis longtemps.

Une luciole
Dans ma main
– Lumière froide

Soudain,
Une ombre passe
– Le vent

Dans le vent d'automne
Où que j'aille
Jusqu'où aller ?

Elle a froid sous sa couverture. Machinalement, elle vérifie que le violon de Goebbels est toujours à ses côtés en tapotant le matelas de sa main.

L'année précédente, quand l'ambassadeur Oshima lui a demandé quel instrument elle rêverait de posséder, Nejiko a immédiatement répondu un Stradivarius, sans imaginer un seul instant qu'il avait en tête de lui en offrir un.

Son professeur, Boris Kamensky, lui a enseigné le violon avec son propre Stradivarius. Un jour, le maître lui a même permis d'en jouer. Nejiko a alors découvert un son pur mais avec beaucoup de caractère, une sonorité particulièrement ouverte dans les aigus et généreuse dans les graves, une puissance étonnante, un envoûtement pour tout dire. L'aura mythique de cet instrument a pleinement fonctionné sur la jeune fille, renforcée peut-être par la légende qui l'entoure : en 1917, au moment de fuir la Russie pour la France, Kamensky, contraint de choisir entre sa femme et son violon, aurait choisi son violon.

Avec un Stradivarius à elle, Nejiko est toujours sur le qui-vive. Le moindre bruit lui fait tendre l'oreille et elle reste aux aguets de longues minutes. Un crissement dans l'escalier éveille son inquiétude. Au moment de se coucher, elle applique toujours le même cérémonial : une fois l'étui attaché aux barreaux du lit avec une fine cordelette de métal, elle le glisse tout près d'elle sous les draps. Elle n'a pourtant aucune raison de s'inquiéter : Gerigk l'a fait placer, avec l'accord d'Oshima et de Goebbels, sous une surveillance discrète.

Il avait même été d'abord décidé qu'elle ne reviendrait pas à Paris. Lors du cocktail concluant la remise officielle du Stradivarius à Berlin par Goebbels, l'ambassadeur Oshima était venu parler à Nejiko en privé. Grand, très large d'épaules, raide et rude, habituellement d'apparence insondable, il semblait soucieux ce soir-là.

« Cet instrument est davantage qu'un simple encouragement pour votre immense talent. Il symbolise l'unité entre nos deux pays, nos deux peuples. Le perdre ou se le faire voler serait une offense au peuple allemand. Une faute impardonnable qui salirait l'honneur de la nation japonaise tout entière. C'est la raison pour laquelle je vous demande de quitter Paris et de vous installer ici, à Berlin. »

Nejiko avait froncé les sourcils. Pour elle, il était inenvisageable de quitter Paris. Au-delà de sa parfaite maîtrise du français et de son faible niveau en allemand, la principale raison était qu'elle ne supportait pas l'ambassadeur et encore moins son épouse, Toyoko. La vérité est qu'elle les trouvait revêches, ennuyeux. Leurs soirées obéissaient à des conventions sociales rébarbatives : projections de films de propagande, réceptions de dignitaires nazis, accueil de prétendus artistes, hommages divers... Toujours en uniforme de l'armée impériale pour les hommes, en kimono pour les femmes. Dans une lettre à sa mère, Nejiko écrit avoir *rarement vu des personnes aussi désagréables qu'Oshima et son épouse* et détester leurs conversations *prétentieuses et inintéressantes. À Paris*, conclut-elle, *Gerigk, lui au moins, m'amuse, même si c'est un indécrottable courtisan.*

*
* *

Je ne sais pas si Nejiko l'a fait à dessein mais une photo, une petite photo qui tient dans la paume d'une main, est restée cachée entre deux pages du premier carnet de son journal. On la voit attablée adolescente dans une auberge du quartier de Shiba avec ses parents et au premier plan, souriante, sa tante russe, Anna Bubnova-Ono, la violoniste, celle-là même qui, plusieurs années plus tard, apprendra la musique à la future madame John Lennon, Yoko Ono.

Au dos de la photo, une date, écrite à la main : dimanche 2 février 1936.

Il tombait de grosses gouttes serrées ce jour-là et c'est au cours de ce déjeuner que Tante Anna et son père essayèrent de convaincre la mère de Nejiko de la laisser poursuivre son apprentissage en Europe au sein de l'école de violon franco-belge.

Nejiko retranscrit dans son journal la teneur de la discussion. J'assemble ses mots pour vous recomposer la scène :

« C'est une enfant prodige, entame Tante Anna, la future meilleure violoniste japonaise de tous les temps. Mon ami Kamensky, l'un des plus grands professeurs, achèvera sa formation à Paris. Plus qu'une sottise, refuser de la laisser partir serait un crime contre le prestige de la musique japonaise. »

À cet instant, Nejiko rêve d'aller en Europe, même si la perspective de se retrouver loin de sa mère lui noue l'estomac. C'est l'aboutissement de toute sa formation. Pourquoi, sinon, lui avoir fait tenir un violon à l'âge de trois ans, pourquoi l'avoir poussée à travailler huit heures par jour, avec sa tante d'abord, puis avec le professeur Mogilevsky ?

L'obstination de sa mère à garder le silence oblige Tante Anna à argumenter :

— Nejiko a atteint un tel niveau que Mogilevsky lui-même dit que nous ne trouverons pas de professeur au Japon. Seul Kamensky à Paris la fera progresser. À seize ans, elle n'est plus une enfant. Au même âge, je fuyais mon pays et Lénine pour me réfugier ici, et vois-tu, je suis toujours en vie.

En retrait jusque-là, le père de Nejiko prend sa femme à partie :

— Mariko, nous avons fait tant de sacrifices pour que Nejiko puisse réaliser son rêve, et elle y est presque... Elle a même appris le français. Et moi, je rembourse seul les dix mille yens que nous avions empruntés pour acheter son violon, sans parler du gramophone importé d'Europe pour qu'elle puisse écouter les plus grands...

— C'est ça, tes raisons ? coupe sa mère. Tu veux qu'elle devienne la meilleure violoniste du Japon pour ne plus avoir à verser de pensions ? Tu penses à elle ou à toi ?

Sa mère quitte la table avant la fin du déjeuner. Nejiko en est tourmentée mais pas au point de revenir sur sa décision.

*
* *

J'ai découvert plus tard qu'à l'époque de la photo, ses parents étaient séparés depuis deux ans. Elle avait quatorze ans quand leur relation s'est dégradée. Un éloignement progressif, sa mère avait découvert que son père entretenait une maîtresse depuis plusieurs années. Les réconciliations et les brouilles s'étaient enchaînées, les ruptures succédaient aux rapprochements, avec des scènes féroces. L'agressivité de son père a affecté Nejiko au point d'alerter ses professeurs de violon, inquiets de ne plus la voir progresser.

Sa mère a fini par quitter le toit commun en 1934 pour s'installer avec sa fille à proximité de la maison de Tante Anna, dans le quartier de Mejiro.

Étrange couple. Oui, étrange couple que celui de Mariko et Junjiro Suwa, formé dans cet intervalle de temps où le Japon s'ouvrait au monde. Les music-halls fleurissaient à Shinjuku, les stades résonnaient des coups de battes de baseball, et les mots *casino* et *charleston* faisaient leur apparition dans le vocabulaire nippon. Une Belle Époque japonaise avant le retour du nationalisme et de la guerre.

Il y a les rencontres heureuses. Et les autres. Je parie que si Mariko avait de nouveau le choix, que si c'était à refaire, elle passerait son chemin, elle, la jeune fille arrivée de ses montagnes, de la petite ville de Nikko aux vies étriquées, mesquines et laborieuses. Mais à Tokyo, Mariko s'était enflammée. Tout allait si vite. Les cœurs, les corps, il n'y avait plus d'interdits, de regards suspicieux, de chuchotements malveillants. Rien que l'insouciance d'une capitale en ébullition, où les couches sociales se mêlaient sans exclusive.

Ce fut là, au cours d'une de ces soirées dans un music-hall, qu'elle rencontra son futur mari, Junjiro Suwa, fils de bonne famille, jeune médecin élégant, très soigné, d'une culture étendue, lui aussi grisé par l'effervescence de la période. Faisant fi des conventions, il lui avait proposé sur-le-champ de l'épouser. Leurs deux témoins étaient le frère de Junjiro et une vague amie de Mariko. Ni cris de joie, ni fleurs, ni embrassades, de toute évidence, aucune des deux familles ne se réjouissait de cette union.

Quinze ans après la naissance de leur unique enfant, ils s'étaient séparés. Rattrapé par le poids de sa tradition familiale, et sans doute aussi par une forme d'égoïsme, le père de Nejiko avait choisi de répudier sa femme pour une autre, plus conforme à son milieu.

Cette atmosphère familiale tendue a-t-elle pu jouer dans la décision de Nejiko de poursuivre sa formation en Europe ? Dans son journal, elle reste mutique sur cet aspect. Et elle ne m'a jamais vraiment parlé de sa famille.

*
* *

Quelques semaines après ce déjeuner, Nejiko quitte les siens, d'abord sur un bateau en direction de Marseille, puis en train, pour rejoindre Berlin. Concession accordée à sa mère, des adultes veilleront sur elle durant la traversée.

Par l'entremise de la compagnie maritime, Mariko est entrée en contact avec une famille dont le fils, athlète de haut niveau, se rend aux Jeux olympiques de Berlin. Ils ont pris un thé, dîné à trois reprises ensemble et une fois la confiance installée, le marché a été scellé : les Nishida prendront soin de sa fille pendant tout le trajet.

Le jour venu, une foule compacte se presse sur le quai pour saluer le départ du navire. Ses parents sont là tous les deux. Le temps est maussade. Trois coups brefs déchirent la clameur, Nejiko entend trois *do majeur*. À cet instant, elle se sent plus présente à l'environnement qui l'entoure. Elle porte les nouvelles chaussures de cuir que lui a offertes sa mère, et sa plus belle robe de soie, la bleu pâle, qui lui enserre fermement les hanches et les seins. Elle ne cesse de fixer sa mère qui arbore un sourire forcé.

Nejiko regarde la ville qu'on devine au loin, elle s'imagine une dernière fois dans la minuscule salle du conservatoire de Tokyo, puis dans sa chambre, où sont restés ses jeux d'enfants et les médailles qu'elle a gagnées lors des concours musicaux. Elle essaie de voir au-delà de la ville, elle pense aux montagnes enneigées de l'hiver, aux somptueux paysages des campagnes en été, à la touffeur des journées, aux champs, aux refrains des insectes, au vert éclatant des rizières et des roseaux qui se balancent dans le vent. Ses parents ne sont plus que deux minuscules taches sombres, deux êtres fragmentés.

3

Désormais soliste attitrée de l'orchestre philharmonique de Berlin, Nejiko se produit dans tous les pays de l'Europe en guerre, flanquée du Stradivarius offert par Goebbels.
En Allemagne et en Autriche, elle a le privilège de jouer sous la direction de Wilhelm Furtwängler, une consécration tant le talent du chef d'orchestre du *Berliner Philharmoniker* est mondialement salué. La radio diffuse certains enregistrements que Nejiko ne manque pas d'expédier à ses parents : Beethoven, *Coriolan* bien sûr, mais aussi les Cinquième, Septième et Neuvième symphonies, et puis Brahms, Schubert ou encore Sibelius.

Patriote allemand mais esprit libre et indépendant, Furtwängler refuse obstinément de jouer dans les pays qu'a conquis la Wehrmarcht, en signe de protestation contre les nazis.

À Goebbels qui exerce la tutelle sur l'orchestre et s'en est un jour ému auprès de Hitler, le Führer a répondu sèchement :

« Oui j'ai entendu dire que certains se plaignaient de son non-conformisme. Mais que ceux-là se posent une seule question : apportent-ils autant que lui à la grandeur de l'Allemagne et de notre musique ? Son brio surclasse celui de ce freluquet autrichien qui vous plaît tant... Comment l'appelez-vous déjà ? Von Karajan ? »

Dans les pays où il refuse de jouer, Furtwängler a délégué la direction de l'orchestre à son fidèle Hans Knappertsbusch. C'est avec lui que Nejiko se produit dans les grandes capitales européennes : Copenhague, Stockholm, Malmö, Oslo, Lisbonne, Madrid, Budapest, Rome, Genève, Paris...

Ses voyages dans l'Europe en guerre, Nejiko les décrit à sa mère, à sa tante Anna, plus rarement à son père, dans ses lettres manuscrites. Elle leur écrit depuis les compartiments de trains, les cabines de bateaux, les minuscules bureaux de ses chambres d'hôtels ou dans les loges, entre une répétition et un concert. Dans ses lignes, on lit des sentiments ambivalents : la fierté de mener grande vie mais aussi la peur, l'impression d'avoir usurpé sa place, les tourments face à l'accueil glacial que lui réservent les autres musiciens de l'orchestre.

Commençons par la peur. Les premières années de guerre ont été parmi les plus fastes de l'orchestre mais, à l'hiver 1943, dans le chaos du monde en plein conflit mondial, sous les obus, les bombes, au milieu des immeubles effondrés, des routes éventrées, les déplacements et représentations de l'orchestre philharmonique relèvent, je la cite, *de l'héroïsme*. En Allemagne, tous les concerts ont été avancés à dix-huit heures pour que les spectateurs puissent rentrer chez eux avant le couvre-feu, et la loi exige dorénavant que chaque programme musical mentionne les mesures de sécurité et la conduite à tenir en cas d'alerte aérienne.

Parmi toutes les anecdotes que raconte Nejiko dans ses lettres, il y a ce jour où son train a été stoppé par un sabotage de voie ferrée, et les heures d'attente qui ont suivi, dans le wagon exposé aux bombardiers. Pour garder son calme, elle écrit s'être servie de cette technique remontée de l'enfance, qui consiste à réciter comme un psaume une chanson populaire. En l'espèce, *Sakura*, Cerisiers.

« Fleurs de cerisiers, fleurs de cerisiers, traversant le ciel du printemps, aussi loin que vous pouvez voir, est-ce du brouillard ou des nuages ? Parfum dans l'air, viens maintenant, allons, allons, voyons, enfin ! »

Nejiko connaît la peur mais ce qu'elle semble vivre le plus mal, c'est la jalousie des autres membres de l'orchestre à son égard. Quand elle écrit *jalousie*, je crois qu'elle se trompe, je dirais qu'il s'agit davantage de ressentiment ou de rejet.

À Berlin, quand je sillonnais la ville dévastée à sa recherche, j'ai retrouvé une de ses anciennes camarades de l'orchestre, une violoncelliste, la seule qui ait accepté de me parler d'elle. Ses mots durs et directs me sont restés en mémoire. Sa façon dédaigneuse d'évoquer *ce recrutement politique*, et toutes ces voix qui murmuraient que Goebbels avait imposé Nejiko à Furtwängler parce qu'il avait refusé de participer au concert de célébration de l'anniversaire du Führer.

Le calendrier avait choqué, aussi. Nejiko avait été nommée, semble-t-il, à la mort du deuxième violon de l'orchestre, Aloïs Ederer, tué lors d'un raid aérien anglais en revenant d'un concert donné à Vienne. « Comment être naïf au point de ne pas comprendre que cette nomination était un symbole, pensé au plus haut niveau ? » m'a dit la violoncelliste.

*
* *

Depuis l'étranger, les marques de désapprobation dont fait l'objet Furtwängler sont de plus en plus virulentes. Dans la presse, des musiciens juifs et des intellectuels s'émeuvent qu'un artiste aussi talentueux puisse se compromettre avec les nazis. Même s'il garde savamment ses distances, notamment par ses choix de programmation musicale, le simple fait de rester chef d'orchestre du Philharmonique de Berlin est, pour les éditorialistes, une décision inacceptable qui engage sa responsabilité morale. Furtwängler s'est certes toujours opposé à l'expulsion des musiciens juifs de l'orchestre, mais il n'a jamais obtenu gain de cause non plus.

Le chef ne le montre pas mais ces critiques l'ébranlent au plus haut point. Un jour, Nejiko arrive en avance pour une répétition à Berlin. Entrée sans faire de bruit, elle le trouve seul dans la salle, occupé à lire son courrier. Furtwängler, qui ne l'a pas encore aperçue, a l'air furieux, il éructe, puis froisse en boule une lettre qu'il jette de toutes ses forces contre un mur. C'est alors qu'il découvre Nejiko. Il hésite, puis s'adresse à elle comme s'il continuait de se parler à lui-même :

« Est-ce si compliqué de comprendre que ma préoccupation n'est pas de promouvoir le régime nazi mais seulement de préserver la musique allemande autant que possible ? Je ne peux pas abandonner mon pays dans sa misère profonde. Partir serait une fuite honteuse. Après tout, je suis un Allemand, quoiqu'on puisse penser de cela à l'étranger et je ne regrette pas de continuer à diriger cet orchestre pour le peuple allemand. »

À la fin de la répétition, après que Furtwängler a quitté la salle, Nejiko récupère discrètement la boule de papier et découvre ces lignes :

Cher Monsieur Furtwängler,
De nombreux habitués de concerts vont renoncer au plaisir de vous écouter. Nous vous considérons comme l'un des plus éminents représentants de la vie musicale allemande, mais vous êtes en même temps le symbole de cette nation dont la politique menace gravement notre culture [...].

Nejiko inscrit dans son journal ce soir-là deux questions, les deux bonnes questions que se posera plus tard le tribunal chargé de juger du cas Furtwängler :

Quel mal fait-il en continuant de composer des œuvres musicales ? Comment oser lui reprocher de faire de la musique et de diriger un orchestre ?

Quelques semaines plus tard, elle tombe sur un article de la presse allemande qui dénonce la propagande des Anglo-Saxons. Le journaliste cite un extrait du *Daily Sketch* de Londres : *Maintenant, les artistes et politiciens savent que le Berliner Philharmoniker ne vient pas dans nos pays avec une pensée pacifiste. Son art sert les nazis mais aussi l'espionnage et les activités de la cinquième colonne [...].* Commentaire du journaliste nazi : *Quelle imagination artistique des Anglais de croire que mettre un violon dans les mains d'un espion suffit à faire de lui un parfait violoniste de rang. Peut-être les services secrets britanniques ont-ils essayé cette méthode ? Ce doit être cette raison qui explique qu'il n'y ait aucun orchestre britannique de grande qualité !*

Nejiko ne prend pas ces propos du *Daily Sketch* avec la même dérision. La dimension politique de l'orchestre philharmonique lui saute tout à coup aux yeux. Elle en vient à se poser les mêmes questions que ses camarades : est-ce seulement la qualité de son jeu qui lui a valu sa place au Philharmonique ou d'autres considérations moins avouables ? Quel rôle a joué le cadeau de Goebbels dans sa nomination comme soliste ? Et d'ailleurs, n'est-elle pas à cette place parce qu'il fallait remplacer à tout prix les artistes de talent qui ont fui, démissionné, sans parler des rumeurs concernant ceux qui ont disparu ?

Au fil de son journal, ses questions se teintent de remords, bientôt d'un sentiment de culpabilité, *l'amer canard du doute, avec ses lèvres de vermouth.*

4

Les premiers jours de Nejiko avec son Stradivarius tiennent de l'euphorie. L'objet l'émerveille. À peine ouvre-t-elle l'étui qu'un immense sourire éclaire son visage. Elle reste de longues minutes à le contempler, fascinée par l'élégance gracieuse de la table d'harmonie. Elle le caresse avec une précaution extrême, du bout de l'index, en effleurant à peine le bois.

Au moyen de cet instrument assemblé trois cents ans plus tôt, elle passe en revue une grande partie de son répertoire, Mozart, Beethoven, Bach, Schubert et même Mendelssohn, qu'elle prend garde de jouer très doucement, les yeux fermés comme si la concentration intérieure l'aidait à se glisser dans la musique interdite pour apprécier la sonorité de son violon. Nejiko teste son instrument, l'éprouve, passe du *pianissimo* au *fortissimo*, puis de nouveau au *pianissimo*, elle repousse ses limites, le haut de son corps oscille, s'incline, se meut dans tous les sens dans un mouvement souple et arrondi.

Officiellement, lorsqu'elle répond aux journalistes, ou bien lorsqu'Oshima ou Gerigk lui posent la question, Nejiko dit toujours que l'harmonie entre elle et son violon est parfaite. Mais à la vérité, la greffe ne prend pas. Dans les premiers temps, elle s'en ouvre uniquement à sa confidente, sa tante Anna. Dans une longue lettre alambiquée, elle lui explique que, contrairement à son précédent violon sur lequel ses doigts virevoltaient sans effort, ce Stradivarius la bloque, ses mouvements sont moins vifs, moins précis, comme si l'instrument freinait la portée de ses gestes.

Ce violon semble vivant, écrit-elle. *Impossible de lui faire émettre un son dont il n'a pas envie.*

La réponse qu'elle reçoit quelques semaines plus tard la rassérène sans l'aider à résoudre son problème.

Mon enfant,
Tout est affaire de temps. Pas à pas, vous allez vous apprivoiser, ton violon et toi. Module légèrement ton jeu pour t'adapter à lui. Quant au fait qu'il soit vivant, je n'en doute pas un seul instant : imagine tout ce qu'il a vécu depuis toutes ces années... Tu dois te confronter à lui avec la conscience de sa maturité, fais-le avec modestie et humilité et tout viendra naturellement.

*
* *

Le 30 janvier 1944, un incident bouleverse Nejiko. Elle y consacre plusieurs pages dans son journal. Lors d'une tournée de l'orchestre en Suisse, en pleine répétition au Victoria Hall de Genève, Hans Knappertsbusch interrompt brutalement l'orchestre, intimant à Nejiko de bien vouloir maîtriser son violon sur le rythme plus lent attendu. Rouge de honte et profondément déstabilisée, Nejiko parvient seulement à ânonner quelques mots pour sa défense. Knappertsbusch entend seulement « mon violon… » et éclate de rage :

« Je me fous de votre violon et de tout ce qui l'entoure. Ici, vous êtes logée à la même enseigne que tout le monde. Apprenez au moins à respecter le tempo. »

L'humiliation est devenue une fêlure profonde, une fragilité qui ne la quitte plus. Nejiko s'est sentie démasquée par ce chef d'orchestre impétueux qui prend plaisir à provoquer le régime nazi. Avec lui, le brio écrase la bêtise. Knappertsbusch est mal vu par Goebbels mais il n'en a cure. De manière catégorique, au nez et à la barbe du ministre de l'Éducation, du Peuple et de la Propagande, en dépit des lois nazies, il refuse systématiquement de jouer le *Horst Wessel*

Lied, ce chant officiel des Sections d'assaut. Non seulement cette mélodie inspirée d'un opéra est pour lui d'une niaiserie lamentable mais les paroles le hérissent, le drapeau haut, les rangs bien serrés...

Hitler en personne se serait ému de cette bravade auprès de Goebbels mais Knappertsbusch est un électron libre, un iconoclaste charismatique, protégé par Furtwängler. Un intouchable qui s'est même permis de tourner en dérision la proposition de Goebbels d'offrir à ses musiciens des instruments de grande valeur :

« Monsieur le ministre, la musique n'est pas comme la guerre. Contrairement à vos *Wunderwaffe*, il n'existe pas dans notre domaine d'*armes miraculeuses*. Seuls les musiciens ont un pouvoir, pas leurs instruments ».

Depuis que Knappertsbusch l'a prise à partie en public, pas une journée ne passe sans que Nejiko ressasse toutes sortes de pensées négatives.

Suis-je à la hauteur de cet instrument ? En suis-je digne ?

Il lui arrive de se réveiller en sursaut en faisant toujours le même cauchemar : elle monte sur scène, passe l'archet sur les cordes, et rien ne se produit. Aucun son. Aucune note ne fuse. Dans son rêve, la salle s'impatiente, se moque avant de se mettre à la huer.

À cette période, elle envoie des dizaines de lettres désespérées à sa tante Anna pour lui raconter, tour à tour, son sentiment de déracinement et son impuissance avec son violon, malgré ces interminables séances d'entraînement qui ont fait réapparaître sous son menton, comme lorsqu'elle était petite, une marque en forme de pouce.

Cette chère Tante Anna ! Dans les archives russes et japonaises, on trouve quantité d'informations sur cette *mère des violonistes japonais* distinguée par la médaille du mérite musical et pédagogique. Fille d'une musicienne et d'un banquier issu de la noblesse russe, Anna Bubnova a reçu une éducation musicale poussée, elle a obtenu le diplôme du prestigieux Conservatoire de Saint-Pétersbourg. Devenue une violoniste reconnue, elle a rencontré un Japonais étudiant la zoologie à Moscou, Shunichi Ono, dont elle est tombée amoureuse. Après leur mariage et la Révolution de 1917, ils ont choisi de fuir au Japon, où Shunichi est devenu un zoologiste célèbre mais aussi un traducteur de littérature russe.

D'abord pour s'occuper, Anna a fondé là-bas une école pour faire connaître la musique européenne aux enfants japonais. Ouverte à son domicile et baptisée « Lulilo », cette école dépasse vite le cadre de son salon et forme des générations de jeunes musiciens dont Nejiko.

En 1930, la mort d'un fils unique brise Anna et son couple. Elle se voue entièrement à sa vocation tout en restant très proche de Nejiko. Sa sœur peintre, Varvara Bubnova, jusque-là restée en Russie, la rejoint et éveille Nejiko à un autre art que la musique, la lithographie.

Les origines russes de sa tante ont évidemment eu une grande influence sur l'aptitude de Nejiko à se familiariser avec l'apprentissage d'un art étranger. Ce qui semblait naturel à Anna, vouée dès l'enfance au violon et à la musique classique, était terriblement ardu pour une enfant d'Extrême-Orient dont l'oreille était familière d'une gamme musicale et d'une rythmique totalement différentes. Sa tante lui répétait souvent qu'apprendre le violon, c'était comme maîtriser une langue étrangère :

« Le meilleur moyen de s'en imprégner est d'en écouter les sonorités et le rythme mais surtout de savoir la lire dans sa littérature originale. »

Elle en savait quelque chose, la tante Anna qui maîtrisait parfaitement le japonais en plus du russe et du français. C'est d'ailleurs elle qui pousse Nejiko à apprendre le français dès treize ans, avec sans doute déjà l'idée d'envoyer sa nièce parachever son apprentissage auprès de Kamensky, à Paris.

Ses premières années de formation, Nejiko, en uniforme d'écolière, les passe donc avec sa tante. Anna s'inspire des règles de pédagogie du Conservatoire de Saint-Pétersbourg dont la caractéristique est de rendre le geste le plus libre et le plus naturel possible. Elle apprend à Nejiko à donner la primauté à son bras droit. L'archet doit être conduit de manière rigoureuse, le bras détendu, comme posé dans l'air, l'omoplate libre, l'épaule souple, sans la moindre tension, depuis les cheveux jusqu'au bout des ongles. À sept ans, Nejiko est capable d'interpréter avec une parfaite maîtrise technique *Le Songe d'une nuit d'été* de Mendelssohn.

À dix ans, sa tante considère qu'il est temps pour elle de côtoyer un autre professeur. Elle la dirige vers Nakajima Tazuruko, un gentil jeune homme grand et mince au front haut, mesuré dans ses mouvements, calme et bien élevé, vêtu de bonne étoffe. Méthodique et précis, Tazuruko concentre les exercices sur le répertoire d'Anton Dvorák, notamment le *Concerto pour violon*, ainsi que sur Haydn, et, plus inattendu pour Nejiko, sur Pergolèse.

Et quand Tazuruko estime avoir terminé son travail avec Nejiko, Alexander Mogilevsky prend le relais. Avec lui, il est entendu que la technique prime sur tout. Il ne parle jamais d'interprétation et impose à Nejiko des centaines d'heures de gammes et d'exercices.

Dans son journal, Nejiko évoque cette période comme *la plus fastidieuse, la plus harassante et la moins agréable* qu'elle ait connue. Mais elle admet aussi dans une lettre que ses progrès techniques ont été considérables, qu'elle a appris à se concentrer sur son exécution propre, ne pas bouger, masquer ses émotions.

Un soir, à la fin d'une leçon, Mogilevsky lui annonce qu'il en a terminé avec elle. Il est inutile qu'elle revienne le lendemain. Il lui souhaite bonne chance et la salue comme à la fin de chaque cours. C'est le moment précis où Tante Anna met son plan à exécution, elle réussit à convaincre la mère de Nejiko de laisser partir sa fille achever sa formation à Paris.

Avec Kamensky, les choses prennent un autre tournant. Nejiko est encouragée à jouer de la façon qu'elle aime le mieux et *avec sentiment*. Le travail des gammes continue mais pas plus d'une heure par jour. Kamensky ne dit jamais ce qu'il pense, le seul indice dont dispose Nejiko, c'est lorsqu'il la fait passer à un exercice plus difficile.

Un après-midi de septembre, peu de temps avant l'invasion de la France par l'Allemagne, Nejiko bute sur le motif d'un morceau qu'ils travaillent depuis des semaines. Kamensky secoue la tête. « Allons, allons. » Puis il l'interprète lui-même. Nejiko s'agite.

— Quoi ? dit Kamensky feignant l'inquiétude. J'ai mal joué ?

— C'est très beau. Je voudrais tant que mes doigts sur les cordes, mon bras avec mon archet soient comme les vôtres... Quand je joue, j'ai l'impression de toucher un mur, comme si mon corps était incapable de se tordre ou de se relâcher comme le vôtre...

Kamensky pose son violon près du pupitre et, à la surprise de Nejiko, il lui attrape paternellement le bras pour l'entraîner vers la fenêtre de la salle du Conservatoire de Paris.

— C'est bien, dit-il, très peu de musiciens parviennent au point où ils réalisent qu'il y a un mur.

L'intimité physique avec le maître a fait rougir Nejiko. Ce geste est si peu dans la manière de son professeur. Il semble signifier qu'elle a atteint un statut nouveau.

— Il y a donc un mur, répète-t-elle.

Kamensky reste silencieux de longues minutes avant de poursuivre :

— Une fois arrivé là, chaque musicien doit trouver son chemin seul. Aucun professeur ne vous l'enseignera.

Devant le trouble de Nejiko, il se contente d'ajouter :

— La suite se révèle à vous sans explication. Connaissez-vous Spinoza ? L'esprit et le corps ne font qu'un, et dans notre cas, ils ne font qu'un pour interpréter et assembler les notes en musique. Avec le temps, nous devenons tous mystiques... Regardez mon Stradivarius, je ne le dissocie plus de mon corps et de mon esprit. Ils sont si étroitement liés que j'aurais le plus grand mal à vous dire lequel des trois me guide lors de mon interprétation...

5

Les jeunes musiciens en ont l'intuition, leurs maîtres la certitude : les violons ont une âme mais ils ont aussi une mémoire. Une mémoire au sens propre : le bois vit, travaille, enregistre les sonorités et les émotions. Il les absorbe, s'en imprègne, les intègre, au point que l'instrument se comporte de manière singulière sur un morceau joué des centaines de fois.

La mémoire du Stradivarius fait écho à ce que lui a écrit sa tante Anna et elle hante Nejiko. Un soir, peu avant minuit, une pensée illumine son esprit. Et si elle demandait conseil à son ancien professeur ? Après tout, Boris Kamensky a dû rencontrer des problèmes similaires avec son instrument. Peut-être voudra-t-il bien s'ouvrir à elle du secret qu'il a découvert pour le maîtriser, ou tout au moins lui faire quelques recommandations ?

Il est minuit trente ce 4 février 1944 mais Nejiko ne réfléchit pas une seule seconde.

Elle ne prend même pas la peine de s'habiller plus chaudement. Dehors le froid est glacial. Elle sort de la rue Saint Louis-en-l'Île, traverse la Seine. Au-dessus du fleuve, le vent mêlé à l'humidité la fait frissonner. Quelques soldats patrouillent au loin, elle presse le pas, passe le quai de la Tournelle, s'engouffre rue du Cardinal-Lemoine et gagne à droite le boulevard Saint-Germain où logent les Kamensky. Tout est silencieux autour d'elle. Elle n'est pas dans son état normal, sa vision se trouble. Tout juste discerne-t-elle les ombres et les lumières des réverbères qui balisent son chemin. Parvenue au pied de l'hôtel particulier, elle sonne frénétiquement.

C'est l'épouse du maître, Ksenia Vladimirovna, une femme majestueuse au visage rond, qui lui ouvre la porte, tout apeurée. Il faut dire que l'apparence de Nejiko a de quoi effrayer, surtout à cette heure, ainsi accoutrée, avec ses yeux exorbités et son regard fou. Si elle ne l'avait pas déjà croisée, Ksenia la prendrait pour une démente. Kamensky arrive quelques secondes plus tard, rhabillé à la hâte, la moustache en bataille. Il est de mauvaise humeur, interrompt Nejiko qui s'est mise à parler avec précipitation, lui signifiant l'heure de sa visite. Le couvre-feu est à minuit. Mais en se confondant en excuses, la jeune femme parvient à le convaincre qu'il s'agit d'un sujet de première importance. Kamensky l'installe dans le salon pendant que Ksenia en robe de chambre leur prépare du thé.

Ce n'est qu'en fixant les ondulations de la vapeur d'eau au-dessus de la tasse que Nejiko parvient à s'apaiser. Inspirant alors profondément, elle entame un long monologue sur l'origine du trouble qui la bouleverse depuis maintenant six mois. *Vous aussi, professeur, vous avez bien dû mettre du temps avant d'apprivoiser votre Stradivarius ? Il existe forcément une technique, un remède qui pourrait m'aider ?*

Kamensky l'écoute sans un mot, perplexe. Lorsqu'elle s'arrête enfin, il garde le silence plusieurs minutes. Le regard dans le vide, il fixe un motif sur les immenses rideaux du salon. La jeune Nejiko a progressé si rapidement grâce à sa force de caractère, à son application dans le travail. Il attrape sa tasse, boit à petites gorgées et finit par lui dire doucement :

— Nejiko, vous rappelez-vous nos dernières séances de travail autour des nuances ? Le doux et le fort ? Le lent et le rapide ? Plus le son est fort, moins l'oreille perçoit ses nuances, ses subtilités. Inversement plus on joue bas, plus le pouvoir de séparation augmente.

Nejiko hoche la tête sans rien dire, elle se souvient de son émerveillement lorsque

Kamensky rendait une musique si pure, si sensible en maîtrisant les nuances.

— Une fois, continue Kamensky, vous m'avez dit que vous aimeriez jouer comme moi. Vous rappelez-vous ce que je vous ai répondu ? Je vous ai répliqué que ce n'était pas le but. Que vous auriez une technique aussi bonne que la mienne, et peut-être même meilleure, mais qu'ensuite tout serait affaire de sensibilité. C'est au-delà de la musique, Nejiko. Si ce violon vous résiste, alors renseignez-vous sur son passé, apprenez à le connaître... Qui étaient ses précédents propriétaires, comment jouaient-ils... ? Vous ne pouvez jouer que froidement sur un instrument dont vous ne connaissez pas la vie antérieure.

Nejiko boit les paroles sans les comprendre. Elle s'inquiète de passer à côté du secret, un flot de questions la submerge.

— Ma tante Anna m'en a parlé. Mais je ne comprends pas bien, professeur. Quel est le rapport entre ce qu'a vécu précédemment le violon et moi ?

— Chaque instrument, même le moins parfait, vibre d'une certaine manière sur une œuvre qu'il a déjà fait résonner. Non seulement il a retenu le rythme et la vitesse avec lesquels jouait son maître précédent mais aussi les sentiments qu'il y mettait.

— Mais alors, je ne parviendrai jamais à lui imposer ma propre musique ? Mon propre sentiment ?

Pour la première fois, Kamensky esquisse un sourire.

— Si vous connaissez le précédent propriétaire, cela devrait vous aiguiller. Dans le cas contraire, c'est à vous seule qu'il revient de repousser ce mur que vous touchez. Vous n'imposerez rien à ce violon. Vous devez apprendre à éprouver mutuellement vos âmes.

Elle n'est guère plus avancée. Kamensky est déjà debout au milieu du salon, prêt à la raccompagner, elle retarde le moment où elle se lèvera. En voyant les premiers sanglots affluer sur le visage de Nejiko, Kamensky, compatissant, lui recommande de rencontrer son luthier-accordeur rue de Rome, en ayant l'air de le regretter immédiatement.

« Dites-lui bien que vous venez de ma part. Et ne parlez de lui à personne, surtout pas à ce fameux Gerigk. »

6

À Paris, dans les premiers mois de 1944, la tension est partout palpable. À mon modeste niveau, j'en atteste. Entraîné par mon ami Jean Vérines avec lequel j'ai intégré, avant-guerre, la brigade de musique des gardiens de la paix de la Préfecture de police de Paris, j'ai rejoint le réseau de résistance Saint-Jacques. J'ai en charge depuis notre antenne principale, place de la République, la planification des attentats à la grenade, des détachements de l'armée allemande ou des garages et des hôtels réquisitionnés par les nazis. Je consacre toute mon énergie à fabriquer des bombes artisanales, la musique n'est même plus un passe-temps. Je n'ose pas imaginer la pression que devait alors exercer Oshima pour faire quitter Paris à Nejiko.

Pour conforter sa volonté de rester à tout prix, Nejiko a deux soutiens de poids, Knappertsbusch et Gerigk. Le premier par indifférence : ne pratiquant aucune répétition collective avant les représentations, Knappertsbusch ne voit aucun inconvénient à ce que Nejiko vive à Paris entre deux tournées de l'orchestre. Le second par calcul : avec Nejiko à Paris, Gerigk peut nouer un lien direct avec l'ambassadeur du Japon lequel jouit, selon une rumeur persistante, de la confiance absolue d'Hitler. Chaque semaine il adresse un télégramme à Oshima pour lui donner des nouvelles de Nejiko et le rassurer sur la situation à Paris.

Un soir, Gerigk insiste pour emmener Nejiko à la remise des prix du premier concours de musique Long-Thibaud. L'idée n'enchante pas la jeune femme mais quand elle apprend que son amie Michèle Auclair est lauréate, elle finit par accepter.

Dans l'automobile qui les mène au théâtre des Champs-Élysées, Gerigk se livre à mots couverts à une analyse de la situation internationale. Il ne le dit pas ainsi mais l'Allemagne nazie est partout sur la défensive. L'étau se resserre. Sur le front oriental, après sa victoire à Stalingrad, l'Armée rouge progresse et a repris le contrôle de Leningrad depuis janvier. Sur l'Atlantique, la machine allemande semble aussi se gripper au point qu'un débarquement des Alliés est désormais d'actualité.

Nejiko écoute le monologue de Gerigk d'une oreille distraite. La guerre, elle laisse cela aux hommes, aux Oshima, aux Gerigk, aux Goebbels. Elle s'est persuadée que toute idéologie est par essence impérialiste, elle n'a jamais cherché à creuser le sujet. Sa guerre à elle est bien plus personnelle, obsessionnelle, dompter ce maudit violon. Le faire plier, le dresser, l'asservir.

Son impuissance plonge Nejiko dans un état permanent de mélancolie qui affecte son humeur au point qu'elle ne parvient plus à dissimuler la solitude qui l'écrase. Elle aurait besoin de retrouver des lieux familiers, sa tante Anna, ceux avec lesquels elle pourrait partager sa détresse alors qu'ici, dans cette ville où elle s'obstine à rester, elle n'a personne à qui parler.

Derrière la vitre arrière de l'automobile, Paris défile sous ses yeux, les façades haussmanniennes, les platanes et les marronniers effeuillés, les auvents toilés des cafés, repères lumineux qui éclairent les boulevards et les carrefours. Il est dix-sept heures trente, une nuit glaciale a déjà enveloppé la ville. Un silence pesant règne à présent dans l'habitacle de l'auto. Le chauffeur conduit lentement, il traverse la Seine en empruntant le pont de la Concorde, laissant derrière eux le bâtiment de l'Assemblée Nationale sur lequel flotte l'oriflamme nazie. Place de la Concorde, les mesures de sécurité ont été renforcées devant l'hôtel de Crillon, siège du gouverneur militaire de Paris et de la *Feldgendarmerie*. Partout dans la ville, l'atmosphère a changé. Des soldats allemands sont assassinés en plein Paris, des camions militaires pris pour cibles. Même le visage de Gerigk est plus fermé que d'habitude, plus crispé. La peur a changé de camp.

Le chauffeur s'arrête devant le théâtre. En tenue de gala, Gerigk et Nejiko font leur entrée dans le hall majestueux où ils sont accueillis par le violoniste Jacques Thibault, l'un des deux initiateurs de l'événement. Affable, il leur explique qu'il revient d'une tournée en Allemagne par l'entremise de Furtwängler. Certains musiciens évitent soigneusement le petit groupe, il faut dire que peu apprécient Gerigk : un simple musicologue, un théoricien de la musique, un artiste raté qui ne saura jamais animer un instrument. La musique est une émotion, pas une mécanique. Gerigk n'est qu'un mécanicien de la musique. Au mieux, un expert-comptable. Il recense, classe, épie, liste, dénonce, trie mais jouer, il n'y arrivera jamais.

Un peu plus haut sur les marches, Nejiko aperçoit Michèle Auclair, la lauréate du premier prix de violon, l'amie avec qui elle suivait les cours de Kamensky au Conservatoire de Paris en 1938. Elles se saluent, ravies de se retrouver :

— Toutes mes félicitations pour ce prix, Michèle.

— Si tu avais concouru, c'est toi qui l'aurais gagné !

— Ne dis pas de bêtises, s'amuse Nejiko. Tu te rappelles quand le professeur Kamensky m'a réappris le violon en repartant de zéro ? En me disant que ma posture n'était pas bonne, ni ma manière de tenir l'instrument !

— Oh oui, mais tu étais tellement déterminée...

— C'est vrai... Me voilà encore aujourd'hui à tout recommencer avec ce violon qui m'a été offert... Je ne l'ai jamais encore vraiment dit, mais cela me pèse beaucoup...

À l'évocation du Stradivarius, Michèle se tait un moment, comme pour trouver la bonne formulation des propos qu'elle va tenir. S'assurant que personne ne peut les entendre, elle chuchote :

— Méfie-toi de Gerigk. On dit qu'il est chargé de confisquer tous les instruments de musique des juifs avant leur disparition.

Nejiko l'écoute sans broncher, le visage fermé.

— Bien avant la guerre, continue Michèle, il a écrit un lexique des juifs en musique. Ce répertoire sert aujourd'hui de base à leur persécution.

Un tourbillon d'admirateurs venus la féliciter emporte alors Michèle, et Nejiko n'en saura pas plus.

Un peu plus tard, elle se retrouve assise au premier rang aux côtés de Gerigk. Elle a vingt-trois ans, lui trente-huit. Les mots de son amie résonnent encore en elle. Et si tous ces sous-entendus étaient vrais ? Knappertsbusch lui-même avait insisté pour qu'aucun musicien n'accepte de don d'instruments du régime. Il y a aussi toutes les messes basses de ses camarades de l'orchestre. Et, à présent, son amie Michèle Auclair... Un malaise s'empare d'elle. Elle avait de grands rêves en venant à Paris et tout est en train de mal tourner depuis ce cadeau de Goebbels. La désolation l'envahit. Au moment où Michèle monte sur scène pour interpréter le *Concerto pour violon en la majeur* de Mozart, elle se penche lentement vers Gerigk pour lui chuchoter, de l'air le plus désintéressé possible :

« Mon violon, c'est celui d'un juif ? »

Sans détourner son regard de la scène où Michèle s'installe, Gerigk lui répond sans ciller, en feignant l'amusement :
« Quelle imagination débordante vous avez ! Vous devriez écrire des romans, ma chère ! »

7

Prologue de la quatrième édition du *Dictionnaire des juifs dans la musique* sous la direction du docteur Herbert Gerigk, éditions Bernhard Hanefeld, 1944.

Nous sommes parvenus à purger notre vie culturelle et musicale de tous les éléments juifs. Des dispositions réglementaires strictes et claires ont permis de faire en sorte que tous les juifs soient bannis de toute représentation, production ou publication et privés de toute paternité artistique. Les compositeurs juifs ont tous un point commun : ils observent la règle de leur race, ce qui les conduit invariablement à perturber les lois de l'harmonie polyphonique pour laquelle ils n'éprouvent aucune affinité. Le présent lexique fait hautement autorité. Nous n'entendons pas perpétuer l'œuvre des juifs mais au contraire permettre d'en éradiquer toute trace dans notre vie culturelle et intellectuelle, le plus rapidement possible. Ce sera long et difficile car ils sont passés maîtres dans l'art de l'illusion et il y a fort à craindre que quelques-uns soient parvenus à se faufiler entre les mailles du filet. Soyons vigilants !

Die Musik – Numéro de février 1944 – Éditorial du Rédacteur en chef, Herbert Gerigk.
Il est formellement interdit de jouer toute forme de jazz américanisant ou autre musique aussi ouvertement en conflit avec l'héritage culturel allemand. Cela vaut aussi pour toute exécution musicale traduisant la dégénérescence au moyen d'une musique de fond physiquement distordue, de rengaines vocales décadentes ou d'exhibitions de bas étage.

Article du docteur Herbert Gerigk dans *Musik im Kriege*, périodique diffusé par l'Office pour la musique que dirige Alfred Rosenberg (extraits).

Arnold Schoenberg : *Un père fouettard de la musique, aficionado du nihilisme et de la désagrégation.*

Giacomo Meyerbeer : *Frivolité, cynisme, érotisme.*

Jacques Offenbach : *Scribouilleur d'opérettes.*

Carl Goldmark : *Approche superficielle de tous les aspects du style. Kitsch surévalué.*

Rapport d'évaluation professionnelle de Herbert Gerigk par Alfred Rosenberg.

Au fil des ans, le Dr Gerigk a fait preuve d'une persévérance admirable dans le combat contre les forces subversives qui œuvrent dans notre vie musicale en contribuant à lever bien des obstacles liés à l'état des mentalités. Il a toujours su préserver la cohésion entre la musique et l'idéologie allemande, et la reconnaissance qui est la sienne dans le milieu musical est tout à fait méritée compte tenu de la qualité de ses nombreuses publications.

8

Mars 1944. Les Américains progressent à vue d'œil dans le Pacifique. En route vers les îles Mariannes, l'US Navy contourne et encercle de nombreux atolls et archipels pour les transformer en terrains d'aviation d'où les B-59 pourront bombarder l'Empire du Soleil Levant. La situation des troupes japonaises sur les îles isolées est désespérée. Le quartier général impérial à Tokyo les condamne en leur interdisant toute reddition : « Ne survivez pas dans la honte en tant que prisonniers. Mourez pour ne pas laisser l'ignominie derrière vous ». Les officiers et soldats japonais respectent les ordres et vont jusqu'à recourir au cannibalisme pour survivre. En Nouvelle-Guinée ils tuent, dépècent et mangent la population locale ainsi qu'une partie des prisonniers de guerre américains qu'ils appellent « porcs blancs » en référence aux cochons noirs asiatiques si délicieux lorsqu'ils sont dorés à la broche.

Les soldats nippons font rôtir les parties les plus consistantes, celles où il y a le plus de chair, principalement les cuisses. Ils rissolent les cerveaux et les foies humains.

Comme l'Empire du Japon, Nejiko va mal. Elle est tourmentée, physiquement amaigrie. Elle ne se nourrit plus. Un jour qu'il lui rend visite, Gerigk essaie de la bousculer, en lui racontant l'histoire de ces soldats reclus et affamés. Il conclut sèchement avec son ton moralisateur : « Au moins eux ne font pas tant d'histoires pour se nourrir ! »

Nejiko est au plus bas, elle annule une à une ses tournées avec le Philharmonique au point que ses absences remontent jusqu'à Oshima qui lui envoie un télégramme et lui dépêche un émissaire. Oga Koshiro, conseiller spécial de l'ambassadeur et homme de confiance, hérite de cette étrange mission. Je l'imagine par cette belle journée de mars arriver de Berlin par le train. Il connaît bien Paris pour y avoir travaillé quelques années avant de rejoindre l'ambassade d'Allemagne. Depuis la gare de l'Est, il prend la ligne 5 du métro et descend à la station Arsenal. Il vérifie l'adresse qu'il a gribouillée sur un morceau de papier et s'engage en direction de la Seine, en respirant l'air frais à pleins poumons.

Il marche d'un pas tranquille sur le boulevard Henri IV baigné de soleil. Sur le pont de Sully, les reflets du soleil sur la Seine l'éblouissent. Enfin, il tourne dans la rue centrale de l'île, celle où habite Nejiko. Arrivé devant son immeuble, Oga Koshiro prend le temps de se recoiffer dans le reflet de la vitrine voisine et se dirige vers l'ascenseur.

D'abord irritée par le message de l'ambassadeur, Nejiko est plutôt intriguée par ce mystérieux conseiller. Alertée de son arrivée par le bruit de la porte, elle l'observe discrètement par la fenêtre alors qu'il est encore dans la cour. Plutôt bel homme, distingué, élégant, la première impression joue en sa faveur. Elle lui donne le même âge qu'à Gerigk. Sa tenue est sans faute de goût : pas un pli à sa chemise bleue, costume sombre dans un tissu délicat et cravate parfaitement nouée. Nejiko rajuste sa propre tenue dans le miroir de l'entrée. Elle porte un pantalon de flanelle et un ample chandail rouge. Quand il sonne, Nejiko met beaucoup de temps à ouvrir la porte, trois serrures dont elle fait tourner les différentes clefs.

Oga Koshiro s'incline délicatement, Nejiko sent un parfum subtil s'échapper de sa nuque, un mélange de cèdre et d'orange, devine-t-elle. Elle le prie de s'installer au salon. Il s'assied sur l'un des deux fauteuils-crapauds qui font face au canapé recouvert d'un tissu en velours, et inspecte la pièce pendant que Nejiko prépare un thé dans sa cuisine dotée « de tout le confort moderne ».

L'appartement est vaste et joliment décoré, les teintes orangées du parquet lui donnent une chaleur particulière. Aux murs, quelques partitions encadrées de Schubert et Chopin, et une grande bibliothèque vitrée contenant quantité de livres, peut-être deux fois plus qu'il n'en a lui-même à Berlin. Quelques-uns sont en japonais, mais la majorité en français. Sur un autre pan de mur, un cadre attire l'œil de Koshiro au point qu'il se lève pour l'ausculter minutieusement.

De retour au salon, Nejiko surprend son intérêt.

— Je ne saurais être formel mais je pense qu'il s'agit d'une estampe avec une impression à sec sur du papier *hosho* épais, dit-il. Le mont Fuji y est magnifiquement reproduit. Puis-je me permettre de vous demander où vous avez déniché une telle gravure ?

— J'ai eu la chance de rencontrer l'artiste, un Autrichien, Fritz Capelari, qui a longtemps vécu au Japon. Lors d'une tournée avec l'orchestre philharmonique, il est venu me saluer à la fin d'un concert, à Vienne, et me l'a offerte. Le nom de la gravure est *Le mont Fuji depuis un champ désolé*.

— Je dirais à coup sûr que cet artiste fait partie du mouvement *shin hanga*, un courant qui laisse une large place aux paysages, comme aux belles femmes, d'ailleurs, Mademoiselle Suwa.

Nejiko rougit du compliment mais poursuit comme si de rien n'était.

— C'est la sœur de ma tante, Varvara Bubnova, une peintre-lithographe, qui m'a initiée à cet art. Je suis ravie que cette estampe vous plaise. J'ai toujours trouvé le Fuji San irrésistible.

— Je ne suis qu'un simple amateur avisé. J'aide des artistes d'un autre courant, ceux du *sosaku hanga*. Le style est proche mais ils abordent des sujets moins conventionnels et laissent davantage place à leur expression individuelle.

— Êtes-vous aussi érudit en matière musicale qu'en ce qui concerne les estampes, monsieur le conseiller ?

— Non, et je vous prie de m'en excuser... J'apprécie la musique, et tout votre travail que l'ambassadeur m'a fait découvrir. À Berlin, j'ai eu plusieurs fois la chance d'assister à des concerts de l'orchestre philharmonique mais, pour ce qui concerne la musique, je suis comme vous avec cette gravure, je trouve certains airs beaux, d'autres moins agréables, sans pouvoir aller plus loin dans l'analyse.

— N'en soyez pas désolé. En art, la sensation et l'intuition priment sur l'analyse.

— Oui, mais je m'en veux beaucoup d'avoir si peu de connaissances sur un art aussi majeur. Voilà pourquoi je préfère parler de votre bibliothèque plutôt que de votre répertoire musical !

Nejiko rit de bon cœur.

— Tout le monde me parle continuellement de musique, comme si je ne vivais que pour ça. La lecture est mon autre passe-temps préféré. Elle occupe mes moments de solitude. Dès que j'ai du temps libre, je file le long de la Seine et je m'arrête à chaque boîte de bouquiniste, difficile de ne pas revenir les bras chargés...

— Moi qui pensais avoir une belle bibliothèque à Berlin... Là, je ne peux pas rivaliser. Seule celle de ma maison à Kyoto est plus fournie.

— Si vous voulez, je vous ferai découvrir mon bouquiniste préféré, il a toujours quelques livres en japonais. J'imagine que vous n'êtes pas venu de Berlin pour une heure ?

— En effet, je repars demain mais ce soir je dîne pour affaire au Lutetia avec des officiers allemands.

— Eh bien, laissez-moi vous emmener au Flore pour déjeuner et ensuite nous irons nous promener. Je ne voudrais pas que vous puissiez dire à l'ambassadeur que je vous ai mal reçu !

— Loin de moi cette idée, Mademoiselle Suwa... J'accepte volontiers cette invitation. Je suis heureux de retrouver Paris en si charmante compagnie !

Au Flore, Nejiko passe un agréable moment avec Oga. L'homme lui plaît, bien qu'il soit plus âgé qu'elle. Nejiko le trouve cultivé et drôle, raffiné et délicat, bien différent des autres collaborateurs autoritaires et serviles d'Oshima. Prévenant, il s'enquiert de sa santé et ne cherche, à aucun moment, à avoir de nouvelles du violon. Même s'il parle peu de lui et demeure très discret, Oga Koshiro lui inspire confiance. Pendant le déjeuner, ils échangent leurs impressions sur la culture française, comme cette manie de saluer des inconnus. Impossible d'entrer dans une boulangerie sans qu'un autre client corne un tonitruant « Bonjour, m'sieurs-dames... ». Sans parler de tous ceux qui se mouchent en public ou mangent sans gêne dans les transports en commun. Quant à ce goût très français pour la contradiction consistant à faire perdre la face à son interlocuteur, cette attitude leur est incompréhensible...

La littérature redore néanmoins le blason français. Nejiko évoque Gustave Flaubert, *L'Éducation sentimentale*, *Madame Bovary*, Guy de Maupassant, *Bel Ami*, mais aussi Jules Verne, Chateaubriand. Oga fait la moue à l'évocation de ce dernier nom. « Mais si ! lui répond-elle en riant. Et j'allais oublier Victor Hugo. Et vous ? Lequel garderiez-vous toujours avec vous ? »

Oga prend quelques secondes pour réfléchir avant de déclamer quelques vers de Baudelaire :

Chaque fleur s'évapore ainsi qu'un encensoir
Le violon frémit comme un cœur qu'on afflige
Valse mélancolique et langoureux vertige !

Oga s'en émeut, mais Nejiko le devance et règle l'addition. Dehors, le temps est agréable, presque doux pour la saison. Avant qu'Oga ne la raccompagne au pied de son immeuble, ils font une boucle le long des quais de la Seine.

Nejiko en oublierait presque l'atmosphère étouffante qui s'est installée dans la ville. Elle raconte à Oga ses premiers pas à Paris quand elle est arrivée, sept ans auparavant. Son émerveillement devant la Tour Eiffel, Notre-Dame, le Louvre, les Champs-Élysées, le pont Alexandre III, le Grand Palais… À peine a-t-elle posé le pied dans cette ville qu'elle s'est *sentie devenir quelqu'un*, dit-elle. La voilà qui musardait au Jardin des Plantes, dans les cafés, sur les Grands Boulevards. Le soir elle avait pris ses habitudes au Max Linder, boulevard Poissonnière, sans craindre d'y aller seule, ou en compagnie de son amie chanteuse japonaise, Yoshiko, installée elle aussi à Paris. La guerre n'était pas encore déclarée. Avec le couvre-feu, elle a réduit ses sorties. Elle n'ose plus sortir seule avec son violon. L'année dernière, elle n'a vu qu'un seul film, *Adrien*, un vaudeville décevant, heureusement relevé par un acteur particulièrement drôle et émouvant nommé Fernandel.

À ce stade de la conversation, Oga et Nejiko arrivent rue Saint-Louis-en-l'Île. Oga évoque alors seulement la raison de sa venue :

— Mademoiselle Suwa, nous sommes inquiets du tournant que prend la guerre en Europe et nous serions plus rassurés si vous rentriez à Berlin. L'ambassadeur souhaiterait que vous preniez le train de retour avec moi demain mais, naturellement, je ne verrai pas d'offense personnelle si vous y réfléchissez quelques jours...

Nejiko se surprend à sourire des derniers mots d'Oga, lequel ajoute, toujours sur le ton de la plaisanterie :

— Avec ce soleil radieux, je n'ai pas choisi le bon jour pour plaider la cause de Berlin ! Tout cela sans vous avoir avoué que nous n'avons pas été épargnés par l'aviation anglaise au cours des derniers mois ! Mais promettez-moi de ne pas rapporter ces propos à l'ambassadeur...

— Rassurez-vous, cela restera entre nous, lui répond Nejiko, amusée.

Oga prend en cet instant un air sérieux et pensif.

— Soyez prudente, Nejiko. Très prudente. Les temps s'assombrissent.

Nejiko marque un silence avant de répondre doucement :

— Rassurez l'ambassadeur de ma part. Le professeur Kamensky m'a conseillé de rencontrer une personne qui va résoudre mes difficultés. Rien qu'à l'idée d'y aller, je vais déjà beaucoup mieux, comme vous pouvez le voir.

9

Nejiko s'est enfin décidée à frapper à la porte du luthier que Kamensky lui a recommandé, ce même luthier qui me donnera plus tard tant d'informations déterminantes pour mon enquête.

Ce jour-là, elle descend à Havre-Caumartin. Les rues sont désertes. Un voile de nuages s'accroche à l'horizon. Elle presse le pas pour remonter la rue Caumartin, tout en accentuant la pression de sa main droite sur l'anse de son étui de violon. Elle bifurque rapidement dans l'étroite rue de Provence, se retourne fébrilement pour s'assurer que personne ne la suit, passe le bureau de poste fermé à l'angle, et débouche rue de Rome. Nejiko remonte sur quelques dizaines de mètres, ralentit, pense être allée trop loin, rebrousse chemin de quelques numéros, avant de se raviser, de repartir dans l'autre sens et de finir par se trouver, enfin, devant une grande porte en bois. Elle reprend son souffle, essuie la légère sueur sur son front. Un bref mouvement de rideau au deuxième étage de l'immeuble en face la fait trembler. Elle se précipite pour entrer et découvre une grande cour rectangulaire pavée, entourée de bâtisses délabrées en pierre et en briques. Au rez-de-chaussée, des ateliers d'artisans, dont beaucoup semblent abandonnés. Une fine pluie se met à tomber. Les gouttes, légères, imprègnent le manteau noir en laine de Nejiko. Par l'une des verrières, une lueur transparaît. Elle s'approche et tape délicatement sur la porte vitrée. Elle attend de longues secondes avant de frapper de nouveau plus fort, jusqu'à faire trembler la vitre et le chambranle. Le rideau en lin blanc qui cache l'intérieur se déplace imperceptiblement, un vieux monsieur l'observe. Il porte un costume de velours vert sombre, ses cheveux sont blancs, certains de ses sourcils encore sombres. Il se décide à tourner le loquet.

À l'intérieur c'est un véritable capharnaüm, qui empeste une forte odeur de renfermé et de cigarettes, ou de pipe, peut-être. Un mince filet de lumière venu d'une lucarne éclaire les lieux et fait lentement tournoyer la poussière dans l'air épais. Des instruments s'entassent, des pièces de bois en train de sécher, des outils, de vieilles partitions.

Le vieil homme n'est ni affable ni accueillant. Presque hostile. À peine s'il salue Nejiko. Impassible, il la laisse présenter la recommandation du professeur Kamensky et les raisons de sa venue. Le cœur de Nejiko bat violemment. Quand elle ne trouve pas les mots justes pour décrire ce qui la gêne avec son violon, elle marque de longs silences gênés pendant lesquels le luthier semble écouter le rythme de sa respiration saccadée, la tonalité de son souffle.

La suite, je la tiens du luthier. Quand Nejiko finit par fondre en larmes, il lui propose enfin de s'asseoir sur un minuscule tabouret près de son plan de travail. Il en attrape un pour lui et prend place face à elle dans l'obscurité. Il attend quelques instants, le temps qu'elle retrouve ses esprits, puis il lui demande l'autorisation de prendre son violon pour l'étudier. Quand il attrape délicatement l'instrument dans son étui, ses yeux s'illuminent. Il le scrute, le retourne, le caresse, va jusqu'à le renifler, et ponctue chacun des lents mouvements qu'il impose à l'instrument de grognements énigmatiques et de petites exclamations.

Quand le luthier saisit l'archet et se met doucement à jouer, la sonorité est prodigieuse. Comme s'il parvenait à faire résonner des voix ou des chants humains. Le violon sonne aussi bien que si Kamensky en personne en jouait.

— C'est magnifique, susurre-t-il. Prodigieux, vraiment. Une merveille. Extraordinaire. J'ai eu entre les mains quelques chefs-d'œuvre mais celui-là... J'en perds mes mots...

— Oui, sauf qu'avec moi, l'harmonie ne fonctionne pas...

— Il n'y a pourtant rien à changer, pas même l'archet ! s'enthousiasme-t-il.

Rien de plus désagréable pour le luthier que de recevoir des musiciens perdus, au jugement technique altéré par une trop vive émotion. Il classe rapidement Nejiko dans cette catégorie. Sans la recommandation de Kamensky, il l'aurait volontiers éconduite comme ces musiciens avec lesquels il sent que le courant ne passe pas. Intrigué que la jeune femme détienne un violon d'une telle valeur, il demande à voir le certificat d'authenticité et le titre de propriété. Nejiko ne l'a pas sur elle et répond que, de toute façon, le certificat est signé par Goebbels. Elle croit utile de préciser : « La seule chose que je sais, c'est qu'il s'agit d'un Stradivarius. Herbert Gerigk me l'a assuré. »

Aux noms de Goebbels et de Gerigk, le visage du vieil homme s'est figé. Intérieurement, il maudit Kamensky. *Il va finir par m'attirer des ennuis...* Ce qui est certain, c'est que ce violon n'est pas un Stradivarius mais un Guarneri. Un Guar-ne-ri. Ces Allemands ont toujours été forts pour la composition mais s'agissant de la connaissance des instruments... Il est si doux et tellement sonore en même temps, et cette profondeur sombre... Comment ne pas le remarquer ? La voix de Nejiko le tire de ses pensées, elle le supplie de l'aider, d'accepter de la revoir. Du bout des lèvres, songeant à sa vieille amitié avec Kamensky, il finit par accepter.

Nejiko s'accroche à l'espoir que lui a donné le vieil homme. Elle prend l'habitude de venir régulièrement le consulter, jusqu'à deux fois par semaine, et arrive à mieux formuler ce qu'elle ressent du rapport qu'elle entretient avec son violon.

Elle ignore encore que les luthiers sont médecins de toutes les âmes, celles des instruments comme celles des humains. Voilà pourquoi leur discernement est si grand et leur présence si apaisante pour les musiciens.

À chaque visite, elle supplie l'artisan de manipuler l'instrument, de l'accorder avec poigne, de façon à montrer à ce prétendu Stradivarius qu'elle n'est plus seule face à lui désormais, qu'elle a trouvé un allié. Quand elle devient trop insistante, le vieil homme lui ment avec aplomb, affirmant qu'il a procédé à de nouveaux réglages, qu'il a déplacé l'âme d'un dixième de millimètre. La vérité est qu'il ne touche strictement à rien. Il ne s'agit pas de réparer l'instrument mais de guérir la musicienne.

Un jour où Nejiko se montre particulièrement importune, le luthier maugrée :

« Si vous voulez mon avis, ce n'est pas un cadeau d'offrir un tel violon à quelqu'un d'aussi jeune que vous... Il vous faut d'abord trouver votre propre sonorité ! C'est le seul moyen de parvenir à dompter un tel instrument... Si tant est que vous puissiez y arriver... »

De nouveau, Nejiko se trouve plongée dans des abîmes. Sa sonorité ? Elle passe tant de temps à la chercher, elle travaille tant pour la saisir, il lui semblait pourtant qu'elle commençait à la connaître. Et cette question qui revient toujours : qui jouait de ce violon avant elle ? Quelle était la sensibilité de ce mystérieux musicien ? Son répertoire, son style, son rythme ?

10

Nejiko trouve-t-elle pour écrire les mêmes ressorts que ceux qui lui sont nécessaires au violon, fragments, éclats de sensations, réminiscences ?

Vendredi 19 mai 1944, elle note un souvenir, inspirée par le bruit de la pluie qui ruisselle sur le zinc du toit. Enfant, elle adorait la pluie, toujours accompagnée de son cortège de *kasas*, ces ombrelles japonaises multicolores. Le *kasa* de sa mère l'attirait tout particulièrement ; elle aimait le grain de sa toile de papier enduite d'huile, son bruissement soyeux, ses motifs de feuilles blanches de cognassier sur fond rouge, l'odeur de bambou de son manche, et celle de santal du mât aussi, et des baleines... Dans son journal, elle raconte son émerveillement mais aussi sa frustration devant cet objet tant convoité qu'il lui était défendu de toucher, alors qu'elle aurait tant voulu le faire virevolter au-dessus des flaques dans des ballets de sa composition.

Vers huit ans, elle avait découvert que sa tante en possédait toute une collection dans sa maison de Mejiro. Au fil des semaines de cours, elle avait alors échafaudé un plan. Ayant repéré l'ombrelle la plus petite, la plus discrète, comme en retrait derrière les autres, Nejiko s'en était emparée et l'avait dissimulée dans son étui à violon, imaginant que sa tante ne s'en apercevrait pas. Toute la nuit, ce vol l'avait tourmentée. Au réveil, sa première intention avait été de tout avouer et de rapporter l'ombrelle sans attendre, mais à peine descendue pour le petit déjeuner, sa mère lui avait demandé où elle avait bien pu se procurer cette belle ombrelle. Prise de court, Nejiko avait menti. Elle avait répondu, en se pinçant les lèvres, que Tante Anna la lui avait donnée en récompense de ses progrès au violon.

Elle était arrivée chez sa tante épuisée par une journée de remords, et quand, le cours terminé, Anna lui avait demandé si elle n'avait rien à confesser, Nejiko avait encore gardé le silence. Insistante, sa tante l'avait interrogée sur la disparition d'une ombrelle, celle qui était un peu cachée, la plus précieuse de sa collection… Nejiko avait bafouillé en fixant le sol devenu flou sous ses premières larmes.

En orthodoxe pratiquante, la tante lui avait fait la leçon sur la gravité de son acte. Elle avait ajouté qu'elle se serait fait un plaisir de lui donner l'ombrelle si elle la lui avait demandée.

Pourquoi noircit-elle toutes ces pages alors qu'elle est censée exprimer ses sentiments les plus profonds dans sa musique ? Doit-on y lire un besoin de matérialité, une texture nécessaire qui réponde au caractère évanescent des notes qu'elle fait jaillir de son violon, à leur éphémère sonorité ? Même le plus parfait des enregistrements musicaux ne reproduit jamais le réel, seule la matière brute permet de se forger ses propres impressions. Alors, sans doute serait-il utile que je vous livre *ex abrupto* les mots qu'elle utilise, sa façon à elle de les lier, de les joindre, de les assembler, sa manière de parler sans être interrompue.

20 mai

Maman m'a écrit. Elle se fait du souci pour moi. Elle pense que je lui cache un mari. Impossible de savoir si elle me dit la vérité et si tout va bien pour elle à Tokyo. Sentiment écrasant de culpabilité, mais que puis-je faire ? Tante Anna m'a dit que ça serait une pure folie d'essayer de rentrer seule et que je n'y survivrais pas. Attendre... Encore...

21 mai

J'ai profité du soleil pour aller me promener. En route pour la gare, une vieille dame disait à son amie : « Tu te plains aujourd'hui, attends de voir demain ». Elles parlaient de rideaux transformés en robes et des semelles compensées en bois, pour remplacer le cuir des chaussures. L'une d'elles a aussi parlé de moi, j'ai compris « bus gratuit » et « pas de ticket de rationnement ».

22 mai

Chaleur écrasante ! Trente-cinq degrés... Ce luthier est terriblement maigre. Je tâcherai la semaine prochaine de lui rapporter du pain et des pommes de terre. Avec mon violon, les choses en sont venues à un point où je me demande ce qui pourrait arriver de pire. J'ai fait dire à Knappertsbusch que j'étais encore terriblement souffrante.

23 mai

Ô mon violon ! Je rêve que le passé s'achève, je ne veux plus que tes souvenirs t'ennuient !

24 mai

Gerigk est passé me déposer une partition originale de Schumann. Il voulait m'emmener au Louvre. Les motifs de toutes ses attentions deviennent louches.

11

À Paris, le Centre de documentation juive contemporaine abrite une grande partie des archives de l'activité de l'*Einsatzstab Reichsleiter Rosenberg* en France. On y trouve quantité de documents accablants pour Gerigk : un mémorandum décrivant le fonctionnement du *Sonderstab Musik*, des directives qu'il adresse à ses subordonnés, des réquisitions de juifs, musiciens ou réparateurs d'instruments, déportés au camp de Drancy, pour ses ateliers parisiens ou encore les noms de ses principaux collaborateurs, comme son adjoint le docteur Wolfgang Boetticher, ou sa collaboratrice et maîtresse, le Dr Franzi Berten, en charge des aspects organisationnels.

Au sein de l'*Einsatzstab Reichsleiter Rosenberg (ERR)* de Gerhard Utikal, l'industrie de confiscation des biens juifs dans l'Europe occupée, Gerigk dirige, on le sait, la filière musique. Cette florissante entreprise compte également une unité dédiée aux œuvres d'art, le *Sonderstab Bildende Kunst*, tandis qu'un autre département, la *Dienststelle Westen*, le bureau ouest, se charge des meubles dont certains sont transférés aux familles allemandes sinistrées par les bombardements alliés, c'est la *M-Aktion*, pour *Möbel Aktion*, qu'on pourrait traduire par *L'Opération meubles*.

Cette bureaucratie au service de l'aryanisation laisse les coudées franches à Gerigk. Il faut dire que si les sommités du régime s'empressent d'acheminer le maximum de toiles ou de bronzes vers leurs caches allemandes – Hitler lui-même rêvant d'édifier un gigantesque musée à sa gloire dans la ville de Linz où il a été pensionnaire –, les instruments de musique et les partitions rares suscitent moins de convoitise. À dessein, les consignes du Führer sur les prérogatives de ses ministres restent floues. Rosenberg, Göring et la hiérarchie militaire, mais aussi Ribbentrop et le ministère des Affaires étrangères, réclament tous une part de compétence dans la confiscation des œuvres d'art. Goebbels est l'un des plus vindicatifs : il considère que ces saisies relèvent de sa responsabilité dans le cadre de la *Propaganda Staffel* qui œuvre au contrôle des esprits.

Avec ses instruments de musique, Gerigk a donc peu de comptes à rendre, si ce n'est lors d'épisodiques rendez-vous avec le chef du service Rosenberg, Gerhard Utikal, au siège de l'ERS, 54 avenue d'Iéna. Dans son immense bureau, au premier étage d'un hôtel particulier confisqué, Utikal entasse quantité d'œuvres d'art et possède un magnifique piano à queue que Gerigk lui a fait livrer. Autour d'un verre de bourbon – et, lorsque les saisies ont été bonnes, en savourant un cigare – les deux hommes dissertent de la grandeur du Reich et de sa suprématie culturelle.

Au printemps 1944, la *Dienststelle Westen* dispose de cent quinze agents et du concours d'une centaine d'entreprises françaises de déménagement et de garde-meubles qui mettent à disposition du Reich jusqu'à quatre-vingts camions par jour. Afin de trier et d'acheminer vers l'Allemagne et l'Autriche tous ces objets, Kurst von Behr, chargé de la récupération des biens juifs, a obtenu l'autorisation d'ouvrir trois camps d'internement et de travail forcé, annexes au camp principal de Drancy, tous situés à Paris. Au 85, rue du Faubourg-Saint-Martin pour *le camp Levitan*. Au 2, rue Bassano pour *le camp Bassano*. Au 43, quai de la Gare pour le *camp d'Austerlitz*, le plus actif. Les internés y travaillent plus de douze heures par jour, à décharger et recharger les camions de déménagement sous la surveillance des équipes de la *Dienststelle Westen*. Certains retrouvent des objets leur appartenant, à eux ou à des proches.

En écrivant ces lignes reconstituées grâce aux archives du Centre de documentation juive contemporaine, je m'aperçois que personne n'a jamais mené de recherches sérieuses sur Gerigk. Moi-même, obsédé par mon enquête, j'ai délaissé l'histoire de cet homme responsable de tant de persécutions. Dans les archives allemandes, je trouve des éléments sur son enfance dans la petite bourgeoisie du Bade-Wurtemberg. Son père avait rêvé pour lui d'une carrière de violoniste célèbre mais le jeune Herbert n'avait ni prédispositions ni talent. De surcroît, il était gaucher à une époque où les professeurs imposaient d'apprendre à jouer en droitier pour que tous les archets d'un orchestre soient joliment orientés du même côté.

Quand Herbert jouait, son interprétation était appliquée et sans faute. Pourtant le jeune homme ne ressentait pas la musique, de sorte que ses gestes et son esprit n'étaient jamais liés, jamais connectés entre eux. Confronté à la désillusion paternelle, exempté d'obligations militaires à la suite d'une crise cardiaque, il entreprit de se rattraper en déployant toute son énergie et sa rigueur dans des études de musicologie brillamment réussies. Mais plus il accumulait les distinctions et les honneurs, plus son père se désintéressait de lui, même ce jour où il reçut un courrier de félicitations de Hitler en personne pour la publication de son *Traité sur les juifs en musique*… « Tu voudrais, lui écrit son père, que je te félicite de faire des listes de musiciens quand tu as été incapable d'en devenir un ! »

Le 14 mai 1944, Gerigk rend visite à Kurt von Behr au *camp d'Austerlitz* pour évoquer les problèmes d'acheminement en Allemagne des instruments. Les revers militaires et la pression plus forte des Alliés rendent Gerigk nerveux et pressant. À l'entrée, les sentinelles sous leurs casques le saluent. Il passe sans broncher et traverse les entrepôts des anciens Magasins généraux, sans un regard pour les six cents prisonniers au travail. En gravissant le grand escalier en métal qui mène au bureau de von Behr, il fulmine : au lieu de la noble lutte contre la musique dégénérée et les musiciens juifs que Hitler lui-même lui avait assignée, le voilà réduit à résoudre des problèmes de logistique, d'espace et de moyens humains. La salle au Palais de Tokyo et l'aile du Musée national des Beaux-Arts rue de la Manutention se sont vite révélées trop petites pour abriter son butin. Et que dire du garage de la rue de Richelieu qu'il sous-loue à la Gestapo pour lui servir de dépôt ! Cet amateurisme le heurte. Quant au *camp d'Austerlitz*, s'il en a obtenu trois cents mètres carrés pour réparer des instruments, c'est seulement parce qu'une firme berlinoise s'en charge et qu'il y a un débouché :

l'organisation de loisirs nazie *Kraft durch Freude*, *La Force par la joie* qui s'est portée acquéreur de quelque cinq cents pianos.

Entré avec fracas dans le bureau de von Behr, Gerigk se retrouve nez à nez avec Aloïs Brunner, le commandant en chef du camp de Drancy. Ils ne se sont croisés qu'une ou deux fois à La Closerie des Lilas et le moins qu'on puisse dire est que le commandant ne l'aide guère à accomplir sa mission. Sans se laisser impressionner, Gerigk décide de profiter de cette rencontre fortuite :

— Commandant, vous n'avez jamais répondu à mon courrier qui vous demandait deux juifs pour nettoyer les pianos droits avant leur transfert, et aussi un luthier et une juive pianiste.

Brunner le toise, avec une arrogance encore renforcée par l'apparence juvénile de son visage délicat :

— Que voulez-vous, mon ami, les arrivées de juifs à Drancy sont de plus en plus rares. Avant que vous n'entriez sans frapper, j'en étais à soumettre à ce cher von Behr l'idée de se rabattre sur les centres d'enfants pour poursuivre les déportations… Je dois garantir à mes hommes des perspectives d'avenir. Rien de pire que l'ennui pour la discipline.

Une moue pincée déforme les lèvres de Gerigk tandis que von Behr sourit. Belle bête blonde, sanglé dans un uniforme bien coupé qui met en valeur sa carrure sans parvenir à masquer une bedaine naissante, von Behr semble luire de contentement sous sa peau grasse. Une fois Brunner parti, il se laisse couler dans son fauteuil et campe ses deux pieds sur le bureau pour écouter Gerigk énumérer ses requêtes, tout en jouant avec son couteau. Puis il l'interrompt brusquement dans un allemand râpeux :

« Capitaine, tout le monde a besoin d'accélérer les convois pour l'Allemagne. Même ici nous débordons d'objets et de meubles. Mais les consignes sont claires : avec les voies coupées par l'aviation ennemie et le ralentissement de nos opérations, la priorité est donnée aux convois de juifs. Si cet ordre ne vous convient pas, adressez-vous au Führer en personne ! »

Gerigk n'insiste pas. Il comprend ce jour-là que sa mission à Paris est terminée. Voilà longtemps que le ministre Rosenberg a perdu l'oreille de Hitler qui a désormais d'autres priorités que la lutte contre la musique dégénérée. Quand Gerigk sort du *camp d'Austerlitz* et monte dans l'automobile où l'attend son chauffeur, sa décision est prise : le temps est venu de rentrer en Allemagne où il sera bien plus utile pour superviser la distribution des instruments.

12

Dernier mémorandum de Herbert Gerigk à Joseph Goebbels dressant le bilan de l'activité de l'année 1943 du Sonderstab Musik *à Paris (7 juin 1944).*

4 février 1943 : expédition de 50 caisses de partitions et d'objets musicaux divers.

7 février : expédition d'un violon Stradivarius pour le ministre de la Propagande.

18 février 1943 : expédition de 30 pianos droits et 20 pianos à queue à Oberhausen et Mayence.

31 mars 1943 : expédition de trois wagons de fret remplis d'instruments destinés au ministère des Territoires occupés de l'Est.

7 avril 1943 : expédition de 120 pianos à queue du site de stockage de la rue de la Manutention vers le site de stockage du monastère de Raitenhaslach.

12 avril 1943 : 75 grands pianos de catégories 1 et 2 expédiés vers Leipzig et Berlin.

14 avril 1943 : 1 006 pianos droits et à queue entreposés dans les sites parisiens en attente de livraison.

11 et 16 juin 1943 : 3 wagons de fret remplis d'instruments, dont 9 harpes.

28 juin 1943 : 2 wagons de pianos pour le haut commandement de la *Waffen-SS* à Berlin.

24 juillet 1943 : 120 pianos en attente d'expédition vers Berlin.

2 août 1943 : 120 pianos droits répartis sur 2 wagons de fret.

11 août 1943 : 2 wagons de fret d'instruments divers destinés à des familles allemandes victimes de raids aériens.

20 août 1943 : expédition d'un lot de 24 instruments et d'une cargaison de disques de 78-tours sur le site de Raitenhaslach.

25, 26 et 31 août 1943 : expédition de 40 pianos, 20 pianos, et d'une cargaison répartie sur 3 wagons de fret comprenant 30 pianos, 1 harmonium, 44 caisses de partitions, livres sur la musique, 24 caisses de petits instruments et de disques 78-tours.

1er septembre 1943 : 12 violons, 8 violoncelles, 2 pianos à queue.

8 septembre 1943 : 12 pianos droits et 1 piano à queue envoyés au quartier général de la *Waffen-SS* pour ses lieux de détente.

21 septembre 1943 : 100 pianos droits et 5 pianos à queue envoyés à une base de sous-marins et à la *Luftwaffe*.

7 octobre 1943 : arrivée d'un lot de 3 violoncelles de valeur au dépôt de la rue Bassano (propriétaires inconnus).

16 octobre 1943 : un piano droit Gotrian-Steinweg ou un piano à queue Stutz sur le point de partir pour les salles de détente du site de Ratibor.

18 novembre 1943 : vente aux enchères de 200 pianos droits et à queue hors d'usage.

12 décembre 1943 : 49 pianos à queue et plusieurs instruments à cordes ont été attribués aux régiments stationnés en France de la Wehrmacht.

13

Le 16 juin 1944, quand Nejiko arrive à la réception que donne Gerigk pour célébrer la fin de son séjour en France, elle le trouve tout sourire qui attend ses invités sur le perron de son hôtel particulier du XVIe arrondissement. Le chef du *Sonderstab Musik* est parvenu à ses fins : c'est désormais en Allemagne qu'il entassera son butin, au château de Langenau à Hirschberg, avec aussi un QG au monastère de Raitenhaslach près de Munich.

Cigarette à la bouche et gin fizz en main, Gerigk observe sans aucune gêne, et d'un air satisfait, les formes de Nejiko. Il est vrai qu'elle est particulièrement mise en valeur par sa robe de soirée à col et fines manchettes en dentelle. Prenant la jeune femme par les épaules, il l'entraîne à l'intérieur. Nejiko repousse tant bien que mal la main importune en tentant de conserver son sourire.

Dans le salon de réception bondé, il faut se faufiler parmi les uniformes. Quelques femmes mais principalement des hommes, des membres de la Gestapo et surtout des officiers de la SS et de la Wehrmacht se pressent autour du buffet. De rares Français. Seul point commun entre les convives, ils sont déjà ivres et braillent beaucoup. L'éclat des voix et des rires rend inaudible la musique de Mozart qu'un pauvre trio tente de jouer. Chargées de plateaux de bières et de victuailles, les serveuses fendent péniblement la foule, sous les regards concupiscents.

Le repas est copieux, du rôti en tranches, des pommes de terre, des fromages à profusion mais tous sont surtout là pour boire, Gerigk le premier. Il lampe coup sur coup, surtout des spiritueux sucrés, tenant toujours Nejiko près de lui. Parvenus au bar, il lui fait servir d'office un Haut-Brion 1932, avant d'être agrippé par un sous-officier qui l'entretient de son départ. Nejiko en profite pour s'éclipser, apeurée par cette ambiance, parcourant l'assemblée à la recherche d'une tête connue ou amicale. En vain. Lassée du tumulte, elle porte alors son attention sur la somptueuse décoration de la salle de réception : des œuvres d'art originales, des miroirs, des moulures, des portes en gros chêne, un magnifique piano à queue noir, un parquet centenaire. Quelques bribes de discussions lui parviennent. Les plus sensées oscillent entre le récent débarquement des Anglo-Saxons en Normandie, les armes miraculeuses bientôt entre les mains du Führer et l'hésitation à quitter Paris. Importunée par un lieutenant de la Wehrmacht débraillé, Nejiko lui répond sèchement en japonais tout en s'éloignant pour examiner un tableau qu'elle a repéré près de l'entrée des cuisines. Elle lui trouve une atmosphère étonnamment asiatique et s'absorbe dans ses teintes vives qui se fondent les unes dans les autres quand une accolade la fait sursauter. C'est Gerigk, arrivé dans son dos, qui lui empoigne une nouvelle fois les épaules et lui glisse à l'oreille dans une haleine de cognac : « C'est un Matisse, *Femme assise*, von Behr l'a récupéré chez un collectionneur d'art et me l'a donné. Si vous me suivez à Berlin, je vous l'offre ». Nejiko comprend qu'il est totalement ivre, ce que lui confirment des caresses de plus en plus pressantes. Nejiko le repousse plus violemment quand une phrase de sa mère lui revient en mémoire : *Rien de plus simple que de soutirer des informations à un homme saoul*. Elle serre les dents et décide alors de faire face à son assaillant :

— Puisque vous partez, va-t-il falloir que je vous restitue mon violon ?

Gerigk, obsédé par l'idée de parvenir à ses fins, prend un air faussement outré :

— Le ministre Goebbels vous l'a donné au nom de l'amitié entre nos deux pays. Nous n'abaisserions pas notre honneur à reprendre ainsi des cadeaux officiels ! Allons, il n'y aurait que des juifs pour se comporter de la sorte !

Nejiko bondit sur l'occasion :

— Oui, et j'imagine que son précédent propriétaire devait en être un, tant j'éprouve bien du mal à l'apprivoiser !

— Cela se pourrait bien ! s'exclame Gerigk avançant à nouveau vers elle...

— Vous ne semblez pas certain ?

Gerigk s'impatiente :

— Pour votre Stradivarius, votre ambassadeur a fait une demande au Führer en personne. Hitler s'est ensuite adressé à Goebbels, lequel m'a chargé de cette mission. N'ayant pas de Stradivarius dans mes stocks, je l'ai acheté à l'un de mes intermédiaires français ! Quant à savoir d'où il le tenait, là, vous m'en demandez trop, jeune femme !

À ces mots, Gerigk attrape Nejiko par le bras et la plaque contre le mur. Il a une idée fixe : lui montrer l'étage, où quelques nus des plus réussis décorent sa chambre. Mais forte des informations obtenues, Nejiko trouve la force de négocier deux flûtes de champagne pour agrémenter cette charmante visite. Quand Gerigk la laisse filer vers le buffet, elle se fond dans la foule et gagne précipitamment la sortie.

14

Tous les cinquante ans ou presque, de préférence en été ou au printemps, Paris se donne à son peuple. Avec presque toujours la même chronologie de l'insurrection populaire, la ville commence à s'agiter, on se bouscule, on s'apostrophe, on pille, on casse, on vole, on détruit, on tue. D'abord des actes isolés, de petits groupes. Ensuite des attroupements plus larges, des provocations. Puis des barricades, des bandes armées. Jusqu'à la foule déterminée, impitoyable, compacte.

La révolte contre l'inégalité ou l'oppression, voilà ce qui agite la foule parisienne tous les demi-siècles. Pendant la Révolution Française, la Bastille en a fait les frais, le 14 juillet 1789. Il y eut ensuite les barricades de la Révolution de février 1848. Puis la colonne Vendôme, symbole du despotisme impérial, démontée en mai 1871 en pleine Commune de Paris. Et c'est encore le cas, ce 19 août 1944, quand les Forces Françaises de l'Intérieur lancent le début de l'insurrection populaire en reprenant la Préfecture de police.

Et cette fois, j'en suis.

Nejiko n'est pas encore partie à Berlin et se retrouve au cœur de l'un de ces moments vertigineux de l'histoire. Ni les intimidations d'Oshima ni la violence de Gerigk ne l'ont convaincue de quitter Paris. Huit ans qu'elle est au cœur de cette Europe en guerre, à jouer dans toutes ces villes bombardées et occupées. La musique lui sert de carapace.

Installée sur une banquette en cuir rouge du Café de Flore déserté, elle écoute son amie Yoshiko l'implorer de quitter la ville avec elle dès le lendemain par un train affrété spécialement pour des officiers allemands. Yoshiko lui raconte que son petit ami du moment, l'assistant personnel du général Dietrich Von Choltitz, a entendu l'ordre de Hitler de raser Paris avant l'arrivée des Alliés.

Dehors, les trottoirs sont remplis de passants bruyants et la chaussée vrombit de petites autos arborant le drapeau français. Par les portières, des bérets à cocardes tricolores hurlent qu'on se bat place de la Madeleine et dans le Quartier Latin.

En tant qu'ancien membre de la brigade de musique des gardiens de la paix, j'ai moi-même répondu à l'appel des FFI, pour reprendre possession de la Préfecture de police, j'y ferai même résonner avec ma trompette la première Marseillaise depuis l'occupation allemande.

Yoshiko perd patience. Nejiko ne comprend pas que, même si elles sortent vivantes des bombardements, elles seront arrêtées parce que leur pays est en guerre contre les Américains qui ne sont plus qu'à quelques pas d'ici ? Le Japon est l'allié des nazis et tout le monde sait bien qu'elles participent à des concerts de soutien aux armées SS !

Comme sortis d'une attaque, ce sont à présent des camions de la Wehrmacht qui passent en trombe. Debout, l'air déterminé, les SS braquent revolvers et mitraillettes sur les badauds. Des escouades d'Allemands fusils en main arrivent de la rue de Tournon pour installer des mitrailleuses sur le trottoir. Apeuré, le patron ferme les rideaux et la porte à double tour.

Prise de tremblements, Nejiko se souvient des propos de Gerigk lui déconseillant formellement de fréquenter le Flore, *ce repaire de Résistants et d'artistes ratés*, le jour où il a appris qu'elle était une habituée de cette institution du boulevard Saint-Germain. Gerigk préfère le quartier de Montparnasse où il retrouve les officiers de la Wehrmacht, au Dôme ou à la Closerie des Lilas, son repaire favori.

Au Flore, Nejiko a croisé régulièrement – sans les connaître – Jean-Paul Sartre, Simone de Beauvoir, Boris Vian ou Albert Camus. Un jour, à la demande de Maria Casarès avec qui il déjeunait, Camus lui a adressé la parole. L'actrice, très enjouée ce jour-là, et intriguée par la présence de cette jeune Japonaise seule, a pressé son compagnon de l'inviter à leur table. Sûr de son fait, l'écrivain s'est approché de Nejiko et a essayé d'entamer la discussion en pointant du doigt l'étui de son violon pour lui demander si elle était musicienne. Elle a cru qu'il voulait lui voler son instrument et fait mine de ne pas comprendre tout en agrippant instinctivement son Stradivarius, suscitant la perplexité de son interlocuteur. Hilare, Camus avait regagné la table où Maria Casarès se moquait déjà de lui. « Tout refus de communiquer est une tentative de communication », lui avait-il lancé, goguenard, en se rasseyant. Amusée par cette allusion au premier roman de son amant, Maria avait terminé sa phrase dans un éclat de rire : « tout geste d'indifférence ou d'hostilité est appel déguisé ».

Ce 19 août, Camus n'est pas là, occupé avec Sartre à monter la garde à la Comédie Française. Personne n'est là, d'ailleurs. Le Flore est vide et son patron très agité. Au loin, les premières grosses déflagrations commencent à se faire entendre. Un char allemand venu de la place du Châtelet s'est mis en position sur le parvis Notre-Dame. Six autres viennent l'épauler et ouvrent le feu sur la porte est de la Préfecture où je me trouve alors avec mes camarades résistants. Mais sur cela, je reviendrai plus tard. En rampant, un gardien de la paix parvient à incendier un des Allemands avec un cocktail Molotov. Paris est à nouveau en guerre. La ville se révolte contre l'occupant. Progressivement, le murmure monte et une clameur finit par tonner. Les coups de feu crépitent un peu partout. Des voitures de FFI revolver en main passent en trombe. Les étendards nazis le long de l'avenue de Rivoli sont démontés un à un.

En larmes, Yoshiko continue de presser son amie de la suivre à Berlin mais le regard de Nejiko reste rivé sur son Stradivarius. Par l'étui entrouvert, elle caresse le bois du violon et sent sous ses doigts les fines aspérités du temps.

Fugues

Berlin – Bedford
1944-1945

15

Depuis qu'elle est à Berlin, Nejiko se sent comme une fugitive. Venue en Europe pour perfectionner son jeu avec les plus grands maîtres, elle se trouve plongée au cœur d'événements qui la dépassent, un engrenage qui finit par tout engloutir, des plus nobles sentiments aux mélodies les plus délicates.

Quelques semaines plus tôt, elle a manqué mourir entre Paris à Berlin. Mosquitos et bombardiers sont passés si près de son train qu'il a dû stopper net sa route pour permettre aux officiers allemands de se réfugier sous le couvert des arbres. Éperdue, Nejiko a suivi la foule qui courait aux abris, avant de se rendre compte qu'elle avait oublié son violon dans le compartiment. Les cris de Yoshiko ne l'ont pas empêchée de se précipiter pour le récupérer, sous les avions en phase d'approche.

Elle a vingt-quatre ans. De ses premiers mois dans cette ville sous le feu des Anglo-Saxons, je n'ai retrouvé que peu d'indices dans ses carnets, aucune lettre à sa famille. Impossible de savoir, à part son violon, ce qu'elle a emporté dans sa valise, si elle a abandonné ses livres ou son impression du Mont Fuji.

J'imagine l'effroi qu'elle ressent à la vue de ces rues barrées, les tramways couchés sur le flanc par le souffle des détonations, les lignes électriques traînant sur le pavé, et les arbres gisant, fracassés, toutes ces avenues encombrées de débris, bordées de files de survivants hagards, transis de froid dans la neige, près de leurs immeubles incendiés. Partout dans la ville, des groupes d'adolescents sèment la terreur, pillent maisons et appartements pendant que *Sperrkommandos*, *Feldgendarmen* et autres illuminés de la *SS Leibstandarte*, les porte-étendard, la garde rapprochée du Führer, rendent une justice plus qu'expéditive, tuant au hasard des rues tous ceux qui refusent de combattre avant de les suspendre aux lampadaires, pancarte autour du cou : *Je suis pendu ici parce que j'ai douté de mon Führer, Je suis pendu ici parce que je suis un traître.*

De ces scènes dantesques, une seule est entrée dans le carnet de Nejiko. Il est tard dans la nuit, elle est couchée dans sa chambre à l'ambassade quand les sirènes se déclenchent. L'élégant Oga Koshiro, le conseiller spécial venu la visiter à Paris, et dont le souvenir lui était si doux, a reçu l'ordre de veiller sur elle. Il fait trembler sa porte à coups de poing. Il hurle si fort qu'on entend à peine les sirènes. Elle prend malgré tout le temps de s'habiller avant de le suivre pour se mettre à l'abri avec tout le personnel de l'ambassade. Les bombardiers déversent leur charroi de feu et d'acier. Toute la ville tonne. Ils se faufilent au milieu des jambes et des chaussures. Deux bougies éclairent la cave, vacillant à chaque détonation. L'alerte dure plus d'une heure.

Pourquoi a-t-elle tenu à retranscrire cette scène-là parmi toutes les autres ?

Et il y a le dernier concert officiel de l'orchestre philharmonique de Berlin. Elle y est aussi. Le 11 avril 1945, le maestro Knappertsbusch entre sur scène, salue le public avant de lui tourner le dos, face à ses musiciens. Adolf Eichmann est au premier rang, aux côtés de Goebbels et d'Albert Speer, le ministre de l'Armement, qui est à l'origine de cet ultime concert privé de la formation berlinoise.

Le *Reich*, l'empire nazi, qui s'étendait de l'Atlantique au Caucase, n'est plus qu'un étroit corridor au cœur de l'Allemagne. Les derniers exaltés du régime font régner la terreur à Berlin. La ville croule sous les bombes. Les fenêtres de l'ambassade japonaise sont toutes détruites et barricadées de planches. L'eau courante et l'électricité sont coupées. Les Berlinois, privés de tout, vivent dans les décombres. Les immeubles éventrés s'affaissent les uns après les autres, dans des bruits sourds et d'immenses nuages de poussière. Le quartier Lichterfelde, dans le sud-ouest de la ville, a été renommé par les habitants *Trichterfelde*, « le champ des cratères ». Celui de Steglitz est surnommé *Stehnix*, « rien ne tient debout ». L'esprit berlinois, le *Berliner Witz*, qu'on compare souvent à l'esprit français.

Sur la Bernburgerstraße, la Philharmonie n'est plus qu'un tas de cendres. Les concerts ont été transférés à la Köthener Straße, à la Beethoven-Saal dont la galerie glaciale est intacte. Depuis plusieurs mois, le moral des musiciens de l'orchestre philharmonique est au plus bas. Le public se fait rare, les concerts, de moins en moins fréquents. Fin janvier, Furtwängler a dirigé le dernier concert philharmonique avant de quitter provisoirement l'Allemagne sans bien savoir lui-même vers où aller.

Avant ce 11 avril 1945, Nejiko a seulement joué pour quelques concerts de bienfaisance au profit de la Wehrmarcht, le *Requiem* de Mozart pour la *Hitlerjugend* ou, au village olympique de Berlin, le prélude des *Maîtres chanteurs* pour les NSFO, les officiers instructeurs nazis de la Wehrmarcht. Ce soir, c'est le dernier concert de l'orchestre de Berlin, les lustres ont été rallumés, le début du programme a été fixé à dix-neuf heures en raison de la menace de raids nocturnes. Speer le mélomane a personnellement choisi le programme. Les musiciens exécutent, Hans Knappertsbusch dirige l'orchestre. *Symphonie n° 3* de Beethoven. Puis Richard Strauss vient diriger en personne le finale du *Crépuscule des Dieux*.

Knappertsbusch pointe sa baguette en l'air. Nejiko place le violon contre son cou, positionne l'archet et lance les deux premiers accords, brefs et volcaniques, au milieu des violons, violoncelles, altos et contrebasses qui introduisent l'*allegro con brio*. Les bois se relaient ensuite sur le thème principal héroïque jusqu'au crescendo qui le porte aux cors et trompettes.

À Paris, une bulle protégeait Nejiko. À Berlin, elle se sent piégée au cœur des derniers soubresauts de la guerre. L'empire du Japon et le régime nazi ne capituleront pas. Le triomphe ou la mort. Hitler le hurle dans ses dernières allocutions radiophoniques au peuple allemand : « La capitulation ? Jamais ! Jamais ! ». Les derniers mois sont les plus violents. Ceux où le plus de bombes sont larguées. Ceux où les techniques les plus inhumaines sont expérimentées.

Marcia funebre. D'un coup de baguette, Knappertsbusch lance le deuxième mouvement de la symphonie. Nejiko se concentre. Le thème de cette marche est introduit par les premiers violons auxquels Nejiko doit donner le tempo, qui sera repris par un hautbois plaintif.

Oga Koshiro est installé aux premiers rangs, quelques sièges derrière Goebbels et Eichmann. Nejiko se sent à l'aise avec cette symphonie, elle l'a déjà travaillée avec Kamensky. Mais l'harmonie avec son violon est toujours imparfaite. Elle se souvient de ce que lui a dit Kamensky au sujet de la *Troisième Symphonie*. Le premier mouvement est l'expression du courage de Beethoven confronté à sa surdité. Le deuxième, lent et funeste, représente son immense désespoir. Le divertissement du *scherzo* libère la révolte de son énergie créative et le finale casse tous les codes du genre.

Une création parfaite selon Kamensky, mais à dix-neuf heures trente ce soir-là, la sonorité de Nejiko se grippe quand retentissent dans la ville les premières sirènes venues interrompre ce chant du cygne. Oga se précipite vers Nejiko, lui attrape la main et l'emmène d'un pas pressé en direction des abris en sous-sol. Nejiko serre son violon.

Goebbels, Speer, Eichmann, Richard Strauss et quelques autres sont mis en sécurité par des officiers SS. Au loin, les moteurs des premiers Mosquitos et des Iliouchines russes résonnent dans le ciel.

Les murs de l'abri tremblent. Les bombes tombent tout près. Des bruits étouffés d'explosion. Des prières. Quelques murmures et lamentations. Une petite fille en pleurs dans les bras de sa mère. Des mines ahuries. Oga collé à Nejiko. Il est tellement proche qu'elle peut entendre sa respiration. Son souffle est calme et posé. Il lui donne du courage. Elle attrape son violon et le sort de son étui.

La petite fille et sa mère l'observent, médusées, prendre l'archet et commencer à jouer une sonate pour violon de Dvorak : *Indian Lament*. La peur se mêle d'émotion. L'esprit de Nejiko s'éloigne progressivement de l'abri plongé dans l'obscurité. Nejiko voyage, elle est dans le quartier de Shiba à Tokyo, dans cette rue qu'elle aimait tant lorsqu'elle jouait avec ses amis. Oga la fixe intensément mais de si loin... Elle est subitement seule avec son violon, tout lui paraît simple, comme s'il était devenu docile, ou même aidant. De nouvelles notes lui viennent, des variantes inédites dont elle n'aurait pas eu seulement l'idée.

Le violon la dirige, les cordes vibrent au rythme de son cœur, ses émotions remontent en même temps que ses souvenirs, comme si le Japon de l'enfance inspirait lui aussi l'instrument. Les bombardements ont cessé, mais dans l'abri, personne ne s'en est aperçu. Ceux qui priaient ont pensé que le Seigneur les avait entendus. Bouche ouverte, ahuris, emportés par le sortilège, transportés par la virtuosité de Nejiko. Et quand elle pose la dernière note, le silence se fait, personne ne comprend ce qui se passe, la musique d'abord, puis l'absence de bruit à l'extérieur, l'apaisement, le retour à la paix, un silence long, apaisant, respectueux. Nejiko revient progressivement à elle. Oga paraît si ému, elle ne comprend pas pourquoi. Et, une fois le moment de grâce dissipé, un tonnerre d'applaudissements. Dans l'abri, tout le monde se lève et se met à crier, un jeune homme siffle, Nejiko tremble comme si elle venait de naître, là, dans une cave, à Berlin, avec la mort, si proche, qui rôde.

16

Depuis cette nuit dans l'abri, Nejiko se sent définitivement liée à son violon. Elle se met à lui parler comme à un confident, lui expliquant que son seul tort est sans doute de continuer docilement à faire ce qu'elle accomplit de mieux : de la musique. Est-ce un crime ? Pourquoi donc les Alliés ou les Russes l'assimileraient-ils aux nazis ? Quel reproche pourrait-on lui faire ? Celui de ne pas avoir refusé un cadeau qui symbolise la reconnaissance de son travail et de son talent en tant que musicienne japonaise ? C'est absurde. Berlin l'épuise. Nejiko n'espère plus qu'une seule chose : rentrer à Tokyo.

Pour faire passer le temps, l'ambassadeur l'invite certains soirs à dîner avec d'autres convives dans son appartement particulier abrité au troisième étage de l'ambassade dont le bâtiment n'est plus que l'ombre de lui-même. Le rituel est bien rodé : avant le repas, il la prie d'accompagner son épouse et ses deux enfants pour jouer quelques quatuors à cordes de Brahms. Nejiko trouve l'exercice à peine convenable mais elle s'y plie. Seule la plus jeune fille de l'ambassadeur propose, au violoncelle, une interprétation acceptable, pour le reste, l'exécution est terne et laborieuse. Une fois cette aimable représentation terminée, l'ambassadeur applaudit vigoureusement, imité par les autres invités, et tout le monde passe à table. Les discussions ne sont guère animées. La plupart du temps, plongée dans ses pensées, Nejiko ne dit pas un mot. Seuls ses yeux parlent. Parfois, si le moment s'y prête ou quand le silence est trop lourd, elle prend la parole. Elle n'hésite plus à affirmer en persiflant ses opinions, y compris sur la guerre et la politique. Un soir, elle se risque même à demander ouvertement des nouvelles de Tokyo. Un silence gêné gagne l'assemblée avant qu'un conseiller militaire, assis en face d'elle, et qui jusque-là est resté muet, s'emporte contre l'aviation américaine qui, la veille, a déversé des milliers de bombes incendiaires et ravagé la moitié de la vieille ville construite en bois, cent mille morts.

L'ambassadeur essaie de l'interrompre mais, pris de colère, le conseiller poursuit en citant les propos du général américain chargé de l'opération : *Les Japonais doivent être brûlés, bouillis et cuits à mort*. L'épouse de l'ambassadeur émet un bref gémissement,

Nejiko reprend la parole. D'une voix calme, elle demande au conseiller militaire s'il n'estime pas qu'il serait temps de signer un traité de paix. Oshima la dévisage d'un regard noir et crie presque que l'Allemagne et l'Empire sortiront ensemble triomphalement de cette guerre, à condition que chacun fasse son métier : *les militaires, la guerre et les violonistes, de la musique.*

Solitaire et secrète, Nejiko semble heureuse d'avoir retrouvé Oga à Berlin. L'homme lui plaît toujours autant. Il est très investi dans les affaires culturelles, son érudition ne manque jamais de l'impressionner.

Un jour où Nejiko s'inquiète de cette rumeur que répandent les derniers diplomates français, italiens ou hongrois encore sur place – *Une fois à Berlin, les Russes violeront une par une toutes les femmes de la ville* –, Oga lui confie qu'il existe un plan secret pour évacuer toute la délégation japonaise en lieu sûr.

— Mais quand ? ne cesse de le presser Nejiko.

— Le plus tôt possible, mais l'aviation anglaise et l'artillerie russe compliquent la tâche. Et l'ambassadeur Oshima est très proche de Ribbentrop et de Goebbels mais aussi du Führer lui-même. Il croit toujours la victoire possible. Il ne veut surtout pas donner le signal de notre départ.

— Les symboles...
— Oui, les symboles, répond Oga. Avec votre violon, vous savez mieux que quiconque combien ils sont importants.

17

20 avril 1945. Mon enquête, à la demande du Préfet de police de Paris, a déjà débuté depuis quelques mois mais je préfère finir de vous raconter comment se termine le séjour de Nejiko à Berlin. Il finit mal.

Sous le soleil radieux du printemps, un déluge de feu ravage Berlin. Aux portes de la ville, l'Armée rouge vient de lancer sa grande offensive. Occidentaux et Soviétiques fêtent à leur manière l'anniversaire du Führer. Un million de tonnes d'obus s'abattent sur la ville. L'acier se déchaîne sur la capitale allemande dans un ultime mouvement : tanks, trains de troupes quittant les gares, hommes casqués, avions, projectiles, bombes...

Dehors, les haut-parleurs soviétiques vociferent, incitant les soldats allemands à se rendre. Des vieillards à peine vêtus, créatures d'un monde souterrain, errent hébétés dans les rues. Des enfants réveillés à la hâte hurlent, terrorisés, agrippés aux mains de leurs mères. Partout, aux fenêtres, des draps blancs ou des taies d'oreillers suspendus en signe de reddition.

Le compte à rebours s'accélère. En trois jours, les Américains lancent mille sept cents tonnes de bombes incendiaires sur Tokyo. Depuis Moscou, Staline s'impatiente et demande à Joukov de presser l'avancée de ses troupes vers le Reichstag. Churchill peine à calmer le déchaînement de violence ordonné par Arthur Travers Harris, maréchal de la Royal Air Force : « Aucune ville allemande ne doit être debout lorsque la guerre se terminera. » *Harris le Boucher*, c'est le surnom que lui ont donné ses hommes. « Qui sème le vent récolte la tempête », répète infatigablement *Le Boucher* et il énumère les dégâts subis par Londres et les Londoniens au début de la guerre. Balayant d'un revers de main les risques de pertes humaines, il ordonne des campagnes intensives de bombardement de civils allemands, sans autre objectif tactique que de saper le moral de la population.

Cette stratégie fonctionne sur Nejiko. Elle est à bout de forces et de nerfs. Heureusement, Oga a enfin de bonnes nouvelles à lui annoncer.

— Je ne suis pas censé vous le dire mais notre départ est prévu cette nuit pour les Alpes autrichiennes.

Soulagée, elle l'enlace spontanément dans ses bras, au mépris de siècles de retenue japonaise.

— Vous ne pouvez pas imaginer comme je suis heureuse de quitter cet endroit !

Oga esquisse un léger sourire et cherche un instant ses mots.

— J'ai une faveur à vous demander, Nejiko. Je la formule en mon nom mais aussi au nom de l'ambassadeur Oshima.

— Si nous partons vraiment cette nuit, Oga, quelle que soit cette faveur, considérez qu'elle est accordée...

— C'est aujourd'hui l'anniversaire du Führer. Son plus proche ami, Joseph Goebbels, tient à lui faire une surprise, ce soir. Le ministre Ribbentrop est aussi dans la confidence. Ils ont demandé à notre ambassadeur si vous accepteriez de jouer un air de violon pour marquer l'événement et égayer l'ambiance. Vous savez, ils n'ont plus de musiciens aujourd'hui à Berlin, vous êtes la dernière artiste digne du Führer... Vous jouez trente minutes, l'ambassadeur fait ses adieux à son ami Hitler et nous partons, toute la délégation japonaise, avec Göring, à Bad Gastein, à la frontière des Alpes autrichiennes. C'est d'accord ?

Nejiko reste pétrifiée. Hitler... Le Führer... Il y a quelques mois, quelques années, ç'aurait sans doute été un privilège... Mais aujourd'hui ?

Oga voit qu'elle hésite.

— Nejiko, c'est la condition de notre départ, un symbole : nous n'abandonnons pas nos alliés mais nous partons dignement poursuivre le combat ailleurs. Si vous ne le faites pas pour notre pays ou pour l'ambassadeur, faites-le pour moi. S'il vous plaît.

Elle est déjà au Japon, dans sa tête lasse, épuisée par cette Europe qu'elle n'a connue qu'en guerre.

— Entendu, Oga. Mais ensuite, vous me le promettez, nous rentrons à Tokyo.

— Sur mon honneur, Nejiko, je vous le jure.

Quelques heures plus tard, Nejiko est dans une voiture escortée à vive allure par des agents du ministère de la Propagande, en la seule compagnie du chauffeur et de l'ambassadeur Oshima. Elle est murée dans ses pensées, le regard fixé sur son violon qu'elle tient sur ses genoux. Le véhicule entre dans une rue en souterrain, stoppe. Il faut poursuivre à pied. Un officier SS leur sert de guide dans les dédales des sous-sols pour arriver jusqu'au *Führerbunker* enterré à douze mètres sous terre dans les jardins de la Chancellerie.

En entrant dans le bunker de Hitler, Nejiko tremble. Pourtant, il ne fait pas froid. L'odeur pestilentielle qui règne dans ces lieux confinés est le premier détail qui la frappe. L'air n'est que péniblement renouvelé par des moteurs diesel. Les pièces sont exiguës, particulièrement étroites. La décoration est inexistante sur les murs de béton brut, de simples ampoules pendent au plafond.

Goebbels est là en personne pour accueillir ses hôtes. Il serre Oshima dans ses bras, les deux hommes sont de véritables amis, et salue de manière révérencieuse Nejiko, en la remerciant infiniment d'être venue :

« Eva Braun a tenu à ce que nous organisions notre fête là-haut, dans un salon abandonné de la chancellerie. Venez... Vous allez voir, le champagne est tiède et il n'y a qu'un seul disque pour le gramophone, *Des roses rouge sang te parlent de bonheur*. Vous arrivez à point nommé, Mademoiselle Suwa. Je vous en conjure, jouez-nous un ou deux morceaux enthousiasmants ! »

Nejiko ne sait que répondre. Les pièces au travers desquelles Goebbels et sa suite la conduisent défilent comme des images, comme si elle-même était hors de cette scène.

Lorsqu'ils entrent dans la salle, Nejiko est surprise de la trouver bondée. La plupart des hauts dignitaires sont là, elle les reconnaît pour les avoir vus en photos ou dans des films de propagande. Himmler. Ribbentrop, qu'elle a souvent aperçu aux côtés de l'ambassadeur. Bormann. Göring. L'amiral Dönitz. Le maréchal Keitel. Speer. Jodl. Tous s'inventent des excuses pour quitter la capitale avant qu'elle soit complètement encerclée et que ses aérodromes soient pris par l'Armée rouge. Il y a aussi la femme de Joseph Goebbels. Le majordome de Hitler, Heinz Linge. Des secrétaires. Et Eva Braun qui danse dans un coin, près du gramophone.

« Beaucoup sont venus faire leurs adieux au Führer, lui glisse Oshima. Venez, je vais vous présenter, vous ne le reverrez sans doute jamais. »

Le temps que Nejiko tente de protester, il est déjà trop tard. Oshima l'a entraînée avec lui à quelques pas du Führer. En apercevant Hitler, elle est effrayée par son apparence. Ses traits de vieillard, sa silhouette voûtée, son corps cassé en deux, ses mains tremblantes, son visage boursouflé, ses yeux injectés de sang.

Il la regarde longuement sans rien dire. Lui aussi paraît ailleurs, possédé par une force étrange. Nejiko s'affole. Oshima lui tient la main pour éviter qu'elle recule. Hitler s'approche en marchant péniblement :

« Général Oshima, vous êtes l'un des seuls en qui j'ai une totale confiance. Il n'y a que des traîtres ici. Beaucoup de gens ont abusé de ma confiance. La déloyauté et la trahison ont sapé notre résistance pendant toute la guerre. Vous au moins, Japonais, avez le même honneur que le peuple allemand. Comme nous, je sais que vous vous battrez jusqu'à la mort. La perte de cette guerre serait la destruction de nos peuples respectifs. »

Oshima acquiesce et, pour calmer le Führer, il lui présente la violoniste Nejiko Suwa, « à qui le Reich a remis en cadeau ce merveilleux violon ». Hitler regarde la jeune femme avec dédain. Sans un mot ni un salut, il se détourne brutalement d'elle et de l'ambassadeur pour prendre la direction des appartements privés de son bunker.

Stupéfiés, Nejiko et Oshima sont rejoints par Goebbels.

— Il est très fatigué ces derniers temps... Ne restez pas là, Mademoiselle Suwa. Même sans le Führer, vous nous jouerez bien quelques petits morceaux...

Nejiko soutient le regard de Goebbels et, prise d'une inspiration subite qui l'impressionne elle-même, elle lui demande :

— Monsieur le ministre, savez-vous qui était le précédent propriétaire de ce violon ?

D'abord interloqué, Goebbels décide de prendre cette remarque pour une plaisanterie et se met à rire à gorge déployée, entraînant l'ambassadeur Oshima avec lui.

— Mademoiselle, seul Gerigk le sait ! Tout ce que je peux vous dire, c'est que ce n'est pas un instrument de sa propre collection ! lance-t-il hilare, comme s'il riait de son propre bon mot. Vous n'avez qu'à le lui demander, Dieu sait où il se trouve aujourd'hui !

Puis, Goebbels conduit Nejiko au centre de la pièce. Pendant qu'elle sort le violon de son étui et que le ministre de la Propagande bat le rappel, Eva Braun s'approche.

— Qu'avez-vous prévu de jouer ?

— J'avais pensé à Wagner ou Liszt, Madame.

Eva Braun sourit devant son air impressionné.

— Vous savez, j'ai toujours eu un faible pour Tchaïkovski et Borodine. J'ai offert au Führer un coffret entier des œuvres de Tchaïkovski interprétées par le violoniste juif polonais Bronislav Huberman. Si les invités le savaient, ils n'en reviendraient pas ! Mais en musique ils n'y connaissent rien !

Nejiko est interloquée. Ne sachant trop que penser, et se demandant s'il ne s'agit pas d'un piège, elle opte finalement pour Wagner.

Goebbels prononce quelques mots rapides pour remercier la jeune artiste japonaise et rappeler l'épisode du violon offert. Personne n'écoute, pas même Nejiko. Elle joue mécaniquement, presque trop vite, comme dans la hâte de partir, de rentrer enfin à Tokyo.

18

Yeux noirs, lèvres fines et serrées, corps amaigri, regard défiant l'horizon. Sur le pont arrière du liner *Santa Rosa*, Nejiko inspire à pleins poumons l'air de l'océan. Ses cheveux détachés flottent dans le vent. Elle fixe le miroir de l'eau où jaillit ce trouble qu'elle s'échine à masquer. Un jeune soldat en armes la surveille, l'air suspicieux.

On est en juillet 1945. Capturée par les Américains à l'hôtel Kaiserhof de Bad Gastein dans les Alpes autrichiennes, Nejiko vogue vers New York, avec cent quarante-six autres prisonniers japonais, pour y être interrogée. Diplomates, conseillers, personnels techniques et militaires, cuisiniers, servantes, chauffeurs, artistes ou hommes d'affaires, ils étaient tous là, au Kaiserhof, avec l'ambassadeur Oshima.

À Bad Gastein, les Américains les ont maintenus plusieurs semaines en captivité à l'hôtel Soëntgen, le temps que le département d'État trouve le lieu sécurisé pour les accueillir aux États-Unis. Une fois choisie la ville de Bedford, Pennsylvanie, Nejiko et toute la délégation ont été prévenus en pleine nuit que leur départ était prévu trois heures plus tard. Expédiés en bus, via Salzbourg, puis en train jusqu'au Havre, ils ont embarqué depuis plusieurs jours sur le *Santa Rosa*.

Cette période où elle passe des heures enfermée, prostrée, est la plus prolifique de Nejiko. Elle ne joue pas. Elle a trop peur de sortir son violon, par crainte que les Américains le lui confisquent. Elle écrit, elle noircit ses carnets. Pour la première fois, à sa façon, elle s'interroge. Elle doute.

21 juillet 1945
Ma tentation la plus constante, celle contre laquelle je ne cesse de mener un exténuant combat : l'égoïsme. Le terrible et dévorant égoïsme des artistes.

23 juillet 1945
Ce qu'il y a de plus réel en moi, ce sont les illusions que je crée avec cet instrument et ma musique.

25 juillet 1945
Peu à peu la musique nous sépare des hommes et nous rejette sans l'ombre d'un amour.

1er août 1945

Dans les moments d'oisiveté, une angoisse me prend de n'être jamais capable d'arriver à la perfection avec mon violon, un mécontentement, une haine pour moi-même. La pensée que je ne suis bonne à rien, que seule ma grande activité pallie mes défauts, que seul le travail, toujours et encore, me sauve.

3 août 1945

Ce paquebot... Une prison dorée. Mais une prison malgré tout.

Une prison dorée parce que toute la délégation japonaise est rassemblée en classe de luxe et en deuxième classe, tandis que s'agglutinent en troisième des soldats américains rentrant définitivement au pays.

Le 5 août, pour la première fois depuis l'embarquement, elle croise Oga sur le pont avant du navire. Il s'approche à pas lents, la mine fatiguée, il attend d'être tout proche pour lui souffler :

« Après l'hôtel Kaiserhof, maintenant la cabine de luxe d'un paquebot, vous ne pourrez pas dire que l'ambassadeur n'a pas pris soin de vous ! »

Comme à son habitude, il ironise, désamorce le drame. Il lui explique qu'il a été placé en cabine d'isolement. Sa proximité avec l'ambassadeur. On l'accuse d'être l'instigateur de l'alliance entre Hitler et l'Empereur du Japon.

Pressé par Nejiko de donner des nouvelles du monde et du Japon, il lui apprend que la guerre est terminée en Europe. Hitler et Eva Braun se sont suicidés, imités par Goebbels et sa femme Magda, qui ont au préalable empoisonné leurs six enfants. L'Allemagne a capitulé. Seul le Japon résiste encore.

À l'évocation de Goebbels, Nejiko frissonne. Elle l'a vu de si près, il a tenu son violon entre ses mains. Oga la rassure : « Vous ne risquez rien, absolument rien. Ce violon vous a été offert en hommage à votre talent. Dites aux Américains que vous êtes un simple professeur de violon et vous ne serez pas inquiétée. »

Rappelé à l'ordre par son garde, Oga s'éloigne de Nejiko pour regagner sa cabine. À cet instant, il ignore encore que les Américains ont intercepté puis décodé les télégrammes qu'Oshima adressait au Premier ministre et à l'Empereur du Japon. Roosevelt surnommait Oshima « le toutou des Allemands » mais il était sa source d'information numéro un sur le régime nazi. Un secret qu'il tenait à préserver, ordonnant aux rares autorités militaires ayant accès aux câbles diplomatiques de les brûler immédiatement après lecture. Sans le savoir, Oshima donnait des informations déterminantes sur la localisation des troupes et des sous-marins de la Wehrmarcht, sur les nouveaux armements en construction ou encore sur le moral et l'état psychologique des dignitaires nazis. Parfois, il communiquait des informations plus anecdotiques, comme dans ce câble du 23 février 1943 que j'ai retrouvé dans les archives de la CIA, adressé directement à l'Empereur, au lendemain de la cérémonie de remise du violon à Nejiko :

Joseph Goebbels, le ministre de l'Éducation du Peuple et de la Propagande du Reich, a remis, en personne, au nom du Führer, un violon de grande valeur à notre jeune violoniste prodige Nejiko Suwa. En votre nom, je me suis permis d'adresser une lettre de remerciement à Adolf Hitler pour saluer ce cadeau officiel, symbole de l'unité entre nos peuples.

19

9 août 1945. Une photo en noir et blanc immortalise l'instant. L'Hudson au premier plan, le *Santa Rosa* au deuxième avec, en fond, la skyline reliée au ciel et au fleuve par l'épaisse fumée de vapeur blanche qui se dégage de l'immense cheminée avant du navire. Nejiko fait son entrée, ébahie, dans la baie de New York. Ce qu'elle ressent est bien plus coloré que ne le laisse paraître la photo, avec le bleu qui inonde le ciel, les immeubles en brique, les tours, les gratte-ciel, cette forêt bâtie, construite tout en hauteur à perte de vue, où les ombres se reflètent.

Le paquebot fait demi-tour, longe la statue de la Liberté, ce qui provoque les hourras des marins et des soldats américains. Le commandant actionne une longue sirène. Les cris de joie redoublent, *Terre ! Terre !* Couvre-chefs et bobs de soldats volent sur le pont du navire. L'Amérique ! De retour à la maison !

Nejiko songe à son pays. Elle se prend à rêver d'une trêve dans cette guerre interminable et, pourquoi pas, de paix. Oga lui a expliqué que, dans le Pacifique, la guerre faisait toujours rage. L'armée japonaise est résolue à se battre jusqu'au bout. Sept fois à terre, huit fois debout. C'est l'orgueil *bushido*, ce code d'honneur du Japon médiéval qui impose loyauté et honneur jusqu'à la mort. Comme les nazis, les hauts dignitaires militaires japonais souhaitent entraîner les civils dans leur chute : des unités de combat de citoyens patriotiques sont armées de ceintures d'explosifs leur permettant, en dernier recours, de se jeter sur les chars américains pour stopper leur route.

Avant leur descente, Oga et l'ambassadeur Oshima sont convoqués dans la salle de commandement. Ils sont escortés par des hommes en armes, l'amiral leur demande de prendre place près des instruments de communication. Les deux hommes sont inquiets jusqu'à ce que l'amiral s'adresse à Oshima en lui tendant un téléphone.

— Monsieur l'ambassadeur, j'ai l'honneur de vous passer le président des États-Unis d'Amérique, monsieur Harry Truman.

Oshima marque un silence avant de se rapprocher du combiné et de saluer avec déférence, et dans un anglais parfait, le président.

— Monsieur l'ambassadeur. Vous ne me connaissez pas mais moi je sais tout de vous. Nous avons intercepté un par un tous les télégrammes que vous adressiez à votre empereur depuis Berlin. C'est ce qui me donne la certitude que votre voix compte pour lui.

Oshima encaisse cette terrible nouvelle, comprenant qu'il a fait tomber aux mains ennemies un nombre incalculable de précieuses informations. Il demeure silencieux.

— Trois jours après celle d'Hiroshima, nous venons de larguer une nouvelle bombe nucléaire sur Nagasaki. Elle a explosé à cinq cents mètres au-dessus du sol. Les rayonnements de chaleur et le souffle, d'une puissance inconnue jusqu'à aujourd'hui, ont tué instantanément quarante mille personnes. Quarante mille personnes, monsieur Oshima, est-ce que vous comprenez ce que cela signifie ?

La tête d'Oshima bourdonne.

— Nous allons mettre à votre disposition des moyens pour adresser un message à l'Empereur du Japon. Pour le bien de votre peuple, demandez-lui de capituler sans condition immédiatement. Sinon, chacune des villes du Japon sera rayée de la carte, jusqu'à la plus grande d'entre elles, Tokyo.

Oshima raccroche, abasourdi. Quand Oga lui demande ce que lui a annoncé le président américain, il tremble encore et se contente de marmonner ce mot-valise japonais qu'il vient de forger : *Pikadon*. *Pika*, une grande lumière. Et *Don*, qu'on pourrait traduire par *Boum*. Éclat et déflagration.

Oshima et Oga redescendent sur le pont. Le navire vient d'accoster à Ellis Island. Nejiko et la délégation japonaise ont pour consigne de rester dans leurs cabines pour un contrôle de leur identité et des bagages. Un inspecteur grand et maigre, aux joues creuses, vient courtoisement demander à Nejiko de décliner son identité et les motifs de sa présence en Allemagne au moment de son arrestation. Se souvenant du conseil d'Oga, Nejiko évoque un rôle de préceptrice des enfants de l'ambassadeur avec, de temps à autre, des cours de violon. L'inspecteur semble satisfait mais choisit malgré tout de jeter un œil sur le violon, ce qui ne manque pas de faire tressaillir Nejiko.

Il ouvre l'étui, attrape l'instrument, le tourne et le retourne pour l'observer sous toutes ses coutures, le tapote, en tord les cordes pour les faire vibrer. « Pas trop mauvais comme instrument ! Mais c'est en Amérique que vous trouverez les meilleurs, désormais. » Interloquée, Nejiko se contente d'acquiescer. L'inspecteur jette nonchalamment le violon sur le lit de la cabine et poursuit sa fouille sans y prêter davantage d'attention.

Retrouvant progressivement une respiration normale, Nejiko écoute l'officier lui annoncer qu'elle sera conduite avec le reste de la délégation dans une résidence surveillée près de Washington, un hôtel de luxe.

« Vous verrez, vous y serez à votre aise, Miss ! »

20

Bedford Springs Resort. Luxueux hôtel isolé au cœur des montagnes Allegheny, reconverti par le Gouvernement américain en école radio pour les soldats de la marine, la nouvelle résidence surveillée de Nejiko. La CIA a placé des micros dans chacune des chambres. Dans les archives de la presse locale, on lit le trouble suscité par l'arrivée de ces nouveaux voisins. La veille, le *Bedford Post* titre « Ils arrivent ! » et le chapeau est révélateur de l'ambiance générale : *Parmi nous, nombreux sont ceux qui ont des enfants emprisonnés dans des camps japonais. Pendant que nous accueillons ces criminels dans notre hôtel le plus luxueux, les nôtres sont torturés ou affamés.* L'*Altoona Mirror*, qui ne brille jamais par sa modération, enchaîne : *Depuis quand avons-nous commencé à jouer les infirmières pour ces sales rats pendant que nos garçons meurent dans leurs camps de concentration ?*

Qui voudra aller dans cet hôtel après que les Japonais l'auront occupé ?

Dans le contexte, l'arrivée de la délégation japonaise ne pouvait qu'être houleuse. Son autocar est accueilli par des centaines de manifestants rassemblés devant les grilles du parc de l'hôtel et criant des slogans comme « En prison, pas en pension ! »

Le 14 août 1945, le gouvernement des États-Unis d'Amérique annonce la capitulation inconditionnelle du Japon et la fin de la Deuxième Guerre mondiale. Dans toutes les villes du pays, les habitants se rassemblent dans les rues pour d'immenses démonstrations spontanées de liesse populaire. Bedford ne fait pas exception. Les habitants sortent de chez eux pour manifester leur allégresse. Drapeau américain au vent, certains paradent avec leurs voitures peinturlurées en rouge-blanc-bleu équipées pour l'occasion de haut-parleurs crachotant en boucle de la musique patriotique. Route 220, devant l'Hôtel Bedford Springs, les voitures montent le son mais l'armée les empêche de s'arrêter.

La fin de la guerre ne s'accompagne ni de la libération des Japonais de Bedford, ni de l'arrêt des hostilités de la population à leur égard. Pensant calmer l'agitation, le directeur de l'hôtel publie un communiqué

qui envenime la situation en précisant que
« La piscine et le golf du *resort* ne sont pas
utilisables par les détenus » et que la cuisine « reste des plus basiques, tout comme
la décoration des chambres ». Les grilles du
parc sont ornées de gigantesques banderoles
sur lesquelles on peut lire : *Nos enfants sont
toujours à la guerre et les Japonais se la
coulent douce.*

La formule est bonne et, après tout, la question mérite d'être posée : est-ce que Nejiko
se la coule douce ? Dans cette prison dorée,
les jours se suivent et se ressemblent. Chacun
est cantonné dans sa chambre, à l'exception
de courtes et rares promenades dans le parc,
et des trois repas quotidiens qui permettent
aux membres de la délégation japonaise de
bavarder et de tromper l'ennui.

J'imagine Nejiko, un frais matin de septembre, emprunter le chemin de gravier
qui remonte au bâtiment principal pour
rejoindre la salle à manger. Huit heures
trente, l'heure du petit déjeuner. Des traînées de brouillard s'allongent sur les hauteurs tandis que des nuées volumineuses,
blanches et grises, s'appesantissent sur les
montagnes plus lointaines. Çà et là, un bout
de ciel bleu, et lorsque perce un rayon de
soleil, le village de Bedford scintille au fond
de la vallée, en contrebas des pins sombres
qui en recouvrent les pentes.

Arrivée dans la salle claire au plafond légèrement voûté du rez-de-chaussée, Nejiko écoute le murmure des voix et le cliquètement de la vaisselle. Dix grandes tables sont disposées, chacune pour huit personnes. Elle prend sa place, toujours la même, en face d'Oga et à gauche du chef d'orchestre Hidemaro Konoye. Sur la table, des œufs brouillés, quelques pots de marmelade et de miel, du lait, un compotier de fruits secs et de céréales. La décoration est alors moderne, d'après les archives de la ville que j'ai pu consulter, avec des lustres électriques en métal et de grandes baies vitrées dont deux donnent sur une véranda.

C'est Oga qui lui a présenté le chef Konoye, une figure de la musique occidentale au Japon que Nejiko ne connaissait que de nom. Premier Japonais à devenir directeur de l'orchestre philharmonique de Berlin en 1924, ami de Furtwängler et de Richard Strauss, il se trouvait lui aussi en Allemagne lors de l'arrestation par les Américains.

Konoye a été adjoint à la délégation de l'ambassadeur Oshima peu avant le départ d'Europe et il a fait le voyage comme eux jusqu'à Bedford. Nejiko ne manque aucune occasion pour profiter de son expérience de chef d'orchestre. Ce matin-là, ils reprennent une discussion entamée la veille, Konoye expliquant que la difficulté pour un violon, dans un ensemble, est d'émettre un son qui porte sans être trop violent. Le violoniste doit se mettre à l'abri de toute exagération, insiste-t-il. Oga les écoute, amusé, tandis que son voisin de table, l'ancien chauffeur de l'ambassadeur, un homme de cinquante ans aux yeux à la fois indifférents et indiscrets, se concentre sur la nourriture.

Nejiko est suspendue aux lèvres de Konoye. Elle lui dit que c'est pourtant la nature profonde d'un violoniste d'émettre un son très doux, presque chuchotant. Et c'est précisément ce que lui reprochait son maître Kamensky à ses débuts, il voulait qu'elle développe une sonorité plus puissante.

Ravi de la précision technique de leur discussion, le chef Hidemaro poursuit en expliquant qu'un violoniste doit toujours pondérer l'intention du chef d'orchestre, qui cherche à obtenir un effet global. Et il conclut, comme s'il lui confiait un secret :

« La nature profonde d'un instrument à cordes est la non-violence... Il peut y avoir de la puissance mais en restant toujours dans le juste et la rondeur ».

*
* *

Il faut se rendre à l'évidence. Dans l'enclos protégé du *Bedford Springs Resort*, l'atmosphère est détendue et paisible, de sorte que Nejiko n'a jamais dû se sentir en détresse. Comme tout le reste de la délégation, et l'ambassadeur Oshima le premier, elle est traitée de manière courtoise et respectueuse par les Américains. Pour le dire clairement, la vie de Nejiko à Bedford est loin d'être désagréable. Les discussions sont simples, on parle de choses banales, du temps, de la manière dont on a dormi, de la décoration du parc, des dernières nouvelles glanées sur l'occupation américaine du Japon. Mais quoi de mieux pour une musicienne qu'une telle routine ? Son métier l'a toujours habituée à travailler seule, à respecter une stricte discipline de vie, à répéter imperturbablement ses exercices, avec le même calme et la même concentration. Quoi de plus rassurant ? Même en temps de guerre, ses journées se sont toujours organisées au rythme de ses menues activités quotidiennes qui lui créaient ainsi un cadre protecteur. Alors oui, son séjour à Bedford Springs est une parenthèse, une retraite paisible loin des bombes qui convient très exactement à sa routine de musicienne.

Par rapport à certains de ses compagnons d'infortune, elle s'en accommode avec une facilité déconcertante. Elle a aussi plus de temps pour l'écriture de son journal. Elle décrit avec minutie le plaisir qu'elle éprouve à écouter les crissements du stylo sur la feuille, à scruter, pendant des heures, allongée dans son lit, les nuances de lumière sur les murs, à s'imprégner du silence de la pièce que perturbe sa seule respiration.

Enfin, progressivement, elle reprend le violon. D'abord en se cachant, puis de plus en plus ouvertement, jusqu'à y être encouragée par le personnel de l'hôtel et les gardes en faction à l'entrée de son bâtiment.

Mais ce qui occupe le plus de place dans son journal à cette période, c'est la passion amoureuse qui les emporte, Oga et elle. À la lire, il ne s'agit pas d'une simple mélancolie tendrement sentimentale, c'est un état fiévreux, le froid, le chaud, une ivresse, une exaltation, une extase, un songe, le rêve d'une vie chamboulée... À chaque ligne, on sent cette gaieté fébrile, cet émerveillement soudain et brutal né de ce huis-clos forcé. Elle suggère par petites touches les premières nuits où elle s'abandonne à lui, les après-midi enveloppés dans les draps où leurs corps se découvrent. Déjouent-ils la vigilance des gardes ? Bénéficient-ils de leur complaisance ? Qu'importe ! Nejiko choisit de se confier à Oga, revient sur la blessure du divorce de ses parents, le déménagement avec sa mère aimante et rassurante, son sentiment de solitude, le rôle de sa tante Anna.

Elle lui confie aussi son rêve avorté, ses ambitions déçues : jamais elle ne sera une grande musicienne, une soliste talentueuse. Fin des grandes espérances. Elle en a la conviction, sans pouvoir l'expliquer. Tous ces efforts, c'était bien la peine... À vingt-cinq ans, la Nejiko téméraire et déterminée n'est plus qu'une marionnette, cantonnée à faire bonne figure, à faire illusion avec son violon offert par Goebbels.

Les jours où elle voit tout en noir, Oga préfère changer de sujet et lui parle de peinture. Il évoque son cousin Onchi Koshiro, pionnier d'un nouvel art de l'estampe qu'il appelle « l'art abstrait ». Il vante la variété de son travail et lui promet que Koshiro fera son portrait, un *bijonga*, une *image de belle femme*, selon le modèle de sa dernière série *Huit femmes des temps modernes*.

Oga lui raconte aussi sa découverte de la littérature américaine, grâce à la bibliothèque mise à disposition des pensionnaires. Il raconte Faulkner, London, Hemingway, Steinbeck et remet cérémonieusement à Nejiko un exemplaire de *Gatsby le magnifique*.

Les semaines défilent. L'air devient plus frais, plus humide. Dans le parc, les feuilles des noyers, des érables et des chênes se mettent à jaunir puis à tomber. L'automne s'installe. Le village retrouve peu à peu sa sérénité. Gardiens et prisonniers s'apprivoisent, la confiance s'établit.

Poursuites

Berlin – Tokyo
1945-1946

21

La vie s'écoule lentement à Bedford, Nejiko ignore encore mon existence. Je ne la connais que de nom.

J'ai raconté, je crois, que, après ma formation de trompettiste classique au Conservatoire de Paris, j'avais eu la chance d'intégrer à vingt ans, en 1938, le corps de musique des gardiens de la paix de la Préfecture de police. C'est un ensemble atypique dont les membres, issus des meilleures écoles, sont aussi bien musiciens que policiers. Ils jouent, au-delà des concerts de gala, à toutes les cérémonies officielles et militaires.

Mon modeste rôle dans la Résistance intérieure parisienne durant l'Occupation m'a conféré à la Libération un statut particulier au sein de l'orchestre de la Préfecture, si bien que le 12 janvier 1945, le préfet Luizet me convoque en personne dans son immense bureau.

Froid, presque austère, l'homme a gardé les traces d'une éducation rigoureuse à Saint-Cyr où il a suivi les enseignements du général Leclerc et du capitaine de Gaulle. Sans prendre la peine de se lever, ni de détacher les yeux de son monticule de parapheurs, il m'explique ma mission d'un ton las :

« Retrouver le violon Stradivarius du neveu de Monsieur Braun, ami personnel du général de Gaulle. »

Après un silence, il pose ses lunettes sur le plateau en cuir vert du bureau Louis XVI et se frotte longuement les yeux en soupirant. Son regard a bien tenté de croiser le mien, mais, debout devant son bureau, j'ai baissé les yeux au sol. Il feuillette mon dossier et il a cette formule, qui me blesse :

« Avec vous comme enquêteur, plus musicien que brigadier, tout cela s'annonce aussi simple que de retrouver un médaillon dans un champ de bataille. »

*
* *

Luizet n'avait pas tort. J'ai perdu les premiers mois à tâtonner, à suivre des mauvaises pistes. Tout juste ai-je réussi à reconstituer la manière dont s'est déroulée la journée du 20 août 1941, lorsque Lazare Braun, le neveu d'Edmond Braun, a été capturé par les nazis et son violon confisqué.

Parisien de naissance, mobilisé au cours de la Première Guerre mondiale, le père de Lazare pensait qu'il suffisait de respecter la loi pour être en sécurité. Une ordonnance obligeait les juifs de la zone occupée à se déclarer comme tels à la préfecture de police. Comme 150 000 autres juifs, Braun s'est docilement fait inscrire au registre spécial du commissariat de quartier.

Ce geste va coûter la vie à toute sa famille. Le 20 août 1941, avec cinq autres voisins, il est parqué dans un coin de la cour de leur immeuble, à attendre que des opérations de fouille et de contrôle se terminent. Lazare Braun rentre chez lui à cet instant précis. Un SS lui demande sa carte d'identité et comme il l'a laissée dans l'appartement familial, le SS l'accompagne pour la récupérer. La suite, c'est la voisine de palier, une vieille dame de soixante-dix ans, qui me l'a racontée.

Lorsqu'il entre chez lui, Lazare trouve dans son salon un homme en complet trois pièces, chemise bleu foncé, cravate sombre, tranquillement installé sur le canapé en train d'examiner son violon. C'est Herbert Gerigk. Lazare Braun détaille le visage de l'intrus. Ses cheveux lisses et bruns sont parfaitement ajustés, mais un épi dru sur le côté droit lui donne l'air bouffon et son œil gauche, plus grand que le droit, renforce cette impression, en ajoutant au regard une distance glaçante.

Gerigk se contente de demander à Lazare si le violon lui appartient et s'il s'agit bien d'un Stradivarius. Lazare acquiesce. Visiblement satisfait, l'homme lui indique être musicologue. Il ajoute que, au nom du Führer et du ministre de la Propagande, il est dans l'obligation de confisquer son violon.

Le cri de désespoir que Lazare pousse est si terrible qu'il porte jusque dans la cour et sa douleur transperce le ventre de la vieille dame qui revit la scène en me la racontant. Le SS le frappe violemment au visage d'un coup de crosse pour le faire taire, si violemment que Lazare tombe. Gerigk se met à tapoter avec son pied sur la poitrine de Lazare, d'abord doucement, puis plus fort et à la fin, frénétiquement, comme s'il mimait le rythme d'une partition atonale. Les poumons de Lazare sont près d'exploser.

« L'atonalité, voilà un exemple de dégénérescence que nous combattons en musique. C'est une invention qui révèle typiquement l'esprit juif », conclut Gerigk en rangeant le violon dans son étui. Il emporte aussi certaines des partitions, avant de prendre congé et de laisser les SS emmener Lazare, son père et leurs voisins vers les autobus de la RATP qui les attendent de l'autre côté de la porte. Drancy sera leur première étape. Auschwitz la dernière.

* * *

Pour mener l'enquête que m'avait confiée Luizet, je suis allé à la rencontre de tous les luthiers parisiens, un à un, avec une photo de Lazare et une autre de son violon. Pendant plusieurs mois, je n'ai pas progressé d'un pouce jusqu'à ce jour où, rue de Rome, je suis tombé sur un vieil homme qui m'a immédiatement annoncé reconnaître le violon de Lazare et savoir qui était en sa possession.

C'était le 9 juin 1945, je m'en souviens très bien. Ce matin-là, le journal de Camus, *Combat*, revenait sur la mort de Robert Desnos, la veille, dans le camp de concentration de Theresienstadt à peine libéré par l'Armée rouge. L'un de ses derniers vers était reproduit et je peux encore le réciter :

Car les cœurs qui haïssaient la guerre battaient pour la liberté au rythme même des saisons et des marées, du jour et de la nuit.

Quand je suis entré dans l'atelier du luthier, au fond d'une cour, il redressait une touche d'ébène au rabot. Deux coins d'un violon avaient été arrachés. Les éclisses étaient choquées, le dos fendu, le chevalet avait disparu. Il tenait l'instrument posé sur une peau de chamois et le travaillait lentement. En blouse, un scalpel à la main, il redessinait le filet avec application.

Le son de la porte lui a fait lever la tête. Je lui ai montré ma carte de police en lui demandant s'il avait eu à réparer ou entretenir un Stradivarius pendant la guerre.

Il a marqué un temps avant de répondre.

« Un Stradivarius non, mais un magnifique Guarneri, oui. »

Par acquit de conscience, je lui ai tout de même montré la photo de Lazare avec son violon.

« Oui oui ! c'est bien celui-là, oui, c'était ce Guarneri... »

Déconcerté, je commençais à m'interroger sur une éventuelle sénilité de mon interlocuteur mais en le voyant aussi catégorique, j'ai fini par l'écouter :

— Ce violon, je l'ai eu des dizaines de fois entre les mains. C'est une jeune Japonaise qui me l'a apporté.

— Vous êtes sûr ? À quoi le reconnaissez-vous ?

— À sa tête et à son filet.

— Développez... je ne suis pas spécialiste.

— La tête est en érable à ondes assez larges. L'enroulement du coquillon est très fin et particulièrement délicat et regardez ici… Non pas là ! Ici ! Oui voilà, vous voyez le creusage si léger…

Je n'étais pas sûr de voir mais j'observais religieusement.

— La virgule s'achève dans un petit bouton bien rond. C'est à ce détail, mon jeune ami, que les artisans comme moi savent tout de suite qu'ils ont affaire à un Guarneri. Et regardez de plus près la photo. Le filet, posé sans véritable soin en apparence, repose en fait au fond d'une gorge bien creusée…

Le nez collé sur la photo, je peinais à discerner ce qui était une évidence pour le vieil homme.

— Cependant, si vous observez bien, il est incrusté assez près du bord et se termine par un onglet qui n'est pas dévié dans l'intérieur du coin. C'est là que se révèle sans doute possible la marque familiale et le style de Giuseppe Guarneri filius Andrae…

Pour finir, il chuchota, comme s'il révélait un immense secret ou prononçait le nom d'un saint :

— … le père de Guarneri del Gesù…

*
* *

La semaine suivante, le Préfet Luizet écoute mon histoire. Il relit à plusieurs reprises le certificat établi par le luthier et me demande une nouvelle fois le nom de cette jeune violoniste japonaise qui aurait fui à Berlin.

Nejiko Suwa, marmonne-t-il à son tour, puis il se met à faire les cent pas dans la pièce, les bras croisés dans le dos. Après trois allers-retours, il finit par se rasseoir, et me déclare qu'il me donne quatre mois supplémentaires pour enquêter dans le plus grand secret.

« Vous partez dès que possible pour l'Allemagne. Allez voir mon assistant particulier, il vous donnera trois mille francs en liquide et le contact de Rose Valland. C'est elle qui gère sur place, avec les Américains, la récupération des objets d'art volés par les nazis. Avec un peu de chance, ce violon est peut-être déjà entre ses mains. Allez la voir directement de ma part. C'est une amie. »

22

Quand Nejiko arrive à Bedford, je viens de poser le pied à Berlin.

On me conduit de l'aéroport militaire au siège des forces françaises, à Berlin-Wedding, par une route déserte mais jalonnée de barrages et de check-points. Je suis stupéfait de découvrir cette ville détruite, dévastée, le chaos qui règne, les montagnes de gravats, les trous béants éventrant les chaussées, les ruines, les gouffres entre des immeubles pulvérisés, et ces soldats impassibles dont on sent le dédain pour les femmes, les enfants et les quelques vieillards qui déblaient les rues.

Comme me l'a suggéré le préfet Luizet, je vais immédiatement voir Rose Valland. Elle est tout sauf commode, jamais disponible, rudoyant ceux qui lui font perdre une minute, y compris les Américains. Responsable de la récupération des tableaux, bronzes et sculptures volés en lien avec la commission américaine pour le sauvetage des monuments artistiques, Rose Valland, la discrète conservatrice de l'Orangerie, est habitée par sa mission. J'ai vingt-neuf ans, elle en a déjà quarante-sept, un caractère bien trempé, un physique austère avec ses lunettes rondes, ses cheveux courts et sa tenue militaire. Quand je lui explique la raison de ma venue, elle part d'un immense éclat de rire.

« Un violon ? Mais vous avez une idée de l'ampleur de la tâche pour ramener en France les œuvres d'art pillées des Musées nationaux... Un violon ! Vous n'avez rien de mieux à faire ? »

*
* *

Les premières semaines sont difficiles. Rose Valland me laisse croupir dans la zone française de Berlin Ouest alors qu'elle passe son temps en territoire américain et britannique.

La caserne Julius-Leber fait office de siège du quartier général pour les Français et tout le monde l'appelle Quartier Napoléon, sans doute en souvenir des grandeurs et victoires passées. Une allusion à la victoire d'Iéna, m'éclaire un jour mon voisin de palier dans le logement qu'on m'a octroyé Cité Foch, à Berlin-Wittenau. C'est un jeune soldat du 46e régiment d'infanterie. Un type curieux, au physique vigoureux, grand et large, mais avec de petits yeux pâles, presque incolores. Habituellement je garde mes distances avec lui à cause de ses diatribes incessantes sur les homosexuels, enfin les « pédés » si j'emploie ses mots, ou les « gouines », comme Rose Valland « avec sa pute d'assistante américaine » – sans parler de ses couplets sur les femmes boches dont le viol ne serait que justice... Partant de là, nos discussions ne vont pas bien loin, sauf ce jour où il me sidère en me révélant sa passion pour le jazz. Comment un être aussi grossier peut-il apprécier cette musique d'initiés ?

Dès qu'il apprend que je suis trompettiste, il m'ouvre les portes de la zone américaine tous les soirs, vers un nouveau Berlin dont je n'aurais jamais soupçonné l'existence. Franchissant les check-points avec ma trompette en étendard, nous écumons les clubs où soldats et hauts gradés se mélangent allègrement.

Ces moments me rappellent ceux que j'ai connus à la Libération de Paris, ou avant la guerre. Le même vent de liberté, cette énergie si puissante qui m'avait conduit à fréquenter les caves de Saint-Germain-des-Prés.

En 1937, je côtoyais mon ami Boris Vian au Hot Club de France, avec Hugues Panassié. Nous nous retrouvions chaque soir pour jouer, quand nous n'allions pas à des concerts : Django Reinhardt à Pigalle, ou Duke Ellington, en avril 1939, à l'occasion de sa deuxième tournée européenne... Quel génie ! Quelle euphorie aussi, quelle classe, quel rythme ! Je me souviens encore de l'excitation de Boris qui me hurlait à l'oreille « Mon cher Félix, sans le jazz, la vie serait une erreur... ».

À Paris, dès la fin de la guerre, nous nous sommes retrouvés, Boris et moi, ivres de joie, dans les mêmes sous-sols de Saint-Germain, à jouer avec Claude Luter, un saxophoniste hors pair, au New Orleans Club, au Caveau des Lorientais. Nous respirions le jazz comme une immense bouffée de liberté.

Alors, quand j'ai découvert le Berlin Jazz, imaginez mon excitation. Dans ces clubs improvisés, des Allemands se joignent aux Américains autour du jazz. Belle vengeance de l'histoire quand on sait que, depuis les années trente, les nazis ont toujours essayé d'enrayer cette « musique de nègres », sans parvenir à ralentir l'enthousiasme de la jeunesse pour le swing, jusqu'à son interdiction définitive en 1943, à la demande de Herbert Gerigk.

Pendant toute la guerre, le swing est resté la musique de ceux qui résistaient, et c'est auréolé de ce symbole que le jazz refait surface en 1945 dans Berlin libéré.

Je passe toutes mes soirées dans des clubs éphémères et spontanés, d'anciens abris reconvertis. L'ambiance est festive et, le temps d'un set, l'insouciance l'emporte sur les rancunes les plus tenaces, tout ce melting-pot, cette musique cosmopolite absorbe les influences et les origines les plus diverses, noirs, blancs, Allemands, Français, et surtout Américains et Anglais, des hommes, quelques femmes, une même communauté assemblant à coups de notes, de riffs, de beats, l'espoir et la liberté.

J'en parle parce que c'est dans l'un de ces sous-sols aux lumières capricieuses que je me suis lié d'amitié avec un haut gradé du département d'État américain. Un pianiste phénoménal déployant un son ample et beau, un toucher subtil à la fois doux et intense, mais aussi, sur quelques crescendos, une vitesse d'exécution à couper le souffle. Lui au piano et moi à la trompette, nous nous sommes livrés à quelques improvisations qui me donnent encore aujourd'hui des frissons. Beaucoup de balades mais aussi quelques rythmes scintillants à la mélancolie brisée et des lignes de be-bop, alternant les chorus, chacun reprenant la suite de la structure élaborée par l'autre, jusqu'à ce que le public acclame.

En rangeant nos instruments, un de ces soirs où la salle a été particulièrement enthousiaste, je lui parle de mes recherches sur cette violoniste japonaise, Nejiko Suwa. A-t-il par hasard des contacts à l'ambassade du Japon à Berlin ?

Il reste évasif mais le lendemain il m'accueille avec une bonne tape dans le dos et ces précieuses informations :

« Toute la délégation a été emprisonnée à Bedford, aux États-Unis. Si votre violoniste existe, elle ne peut être que là-bas. Mais rien ne sert de vous y précipiter. Dans un mois ils seront tous reconduits à Tokyo. Cueillez-la à la sortie du bateau ! »

23

La liberté a toujours un prix. Pour Nejiko, il tient à l'échéance du contrat de location signé entre la direction de l'hôtel Bedford Springs et le département d'État américain. Les propriétaires de l'hôtel entendent profiter du renouvellement du bail pour en augmenter le tarif mensuel. Qu'est-ce qui pourrait justifier de maintenir un loyer aussi bas alors que la guerre est achevée depuis plusieurs mois ? Les fonctionnaires temporisent, déploient des trésors d'argumentation et de procédures mais le président Truman finit par trancher. Le Japon a capitulé sans condition. Il n'y a plus de raison de prolonger la détention de cette délégation.

Nous sommes le 14 novembre 1945. À Bedford, l'hiver est arrivé de manière précoce. Il a plu abondamment au cours des derniers jours, ensuite la pluie est devenue impure, d'un gris blanchâtre, la neige s'en est mêlée, et comme, dans l'intervalle, les températures ont elles aussi sensiblement baissé, la vallée est à présent recouverte d'une mince cape blanche, humide et rapiécée, qui tranche avec le manteau des montagnes noires.

Allongée dans sa baignoire, Nejiko laisse s'égrener le temps, absorbée par ses pensées et ses soucis du moment. Le crépuscule tombe, une légère rougeur anime le ciel gris, cet état de transition décoloré, inanimé et triste, qui précède la nuit. Un peu plus tôt dans la journée, Oga lui a annoncé que toute la délégation quitterait Bedford sous quarante-huit heures. *Retour au Japon*. Il a dit cela d'un ton neutre et indifférent. Nejiko est restée muette, sans réaction, partagée entre la joie de retrouver sa famille et la peur de reprendre une vie qui ne serait jamais aussi intense que celle qu'elle a brûlée ces dix dernières années.

Oga n'a jamais fait mystère de son intention de retrouver sa famille et son épouse à Kyoto au retour de la guerre.

Il a trente-sept ans, Nejiko vingt-cinq.

L'eau devenue tiède ramène la jeune femme dans sa salle de bains. Elle retire le bouchon en faïence puis ajuste une serviette en forme de chignon autour de sa tête avant d'en enrouler une autre autour de son corps, du haut de ses seins jusqu'à ses cuisses. Dans la chambre, la pénombre s'est installée. Elle allume une petite lampe aux reflets dorés et enfile son *yukata*, un kimono léger en coton qu'elle met avant de se coucher. Elle noue la ceinture autour de sa taille dans un léger bruissement de tissu.

Nejiko s'étend sur son lit avec son carnet et son violon. Elle ferme les yeux quelques secondes et se revoit enfant, l'hiver, quand ses parents l'amenaient dans la maison de sa grand-mère à Nikko. La neige. Le froid cinglant accentué par les bourrasques de vent. Le lac Chuzenji près du village encastré dans les montagnes au pied du Mont Nantai. L'étroite maison en bois où sa grand-mère leur servait une soupe chaude avec du tofu et ces champignons noirs à la forme si étrange. Son père qui semblait tellement mal à l'aise dans ce dénuement.

Au fond, c'est vrai ce que lui a dit une fois Gerigk, se met-elle à écrire : la guerre, c'est sale et triste mais enfin, quand on est du bon côté, la vie n'est pas si misérable. Connaître ce sentiment que tout devient possible, côtoyer des génies comme Furtwängler, intégrer un ensemble musical des plus prestigieux, dormir dans des palaces et découvrir les plus belles capitales, c'est à la guerre qu'elle le doit. Quelque part, la vie n'est qu'affaire de circonstances, et si le hasard l'a vu naître japonaise, s'il l'a projetée en Europe du côté d'une Allemagne alliée au Japon, si elle a vécu cette vie, c'est bien que son destin était tracé.

Pour dire *destin*, dans son carnet, elle utilise le mot *shukumei* plutôt que *unmei*. *Shukumei*, c'est le pur hasard, la fatalité, tout ce qu'on ne peut pas prévoir.

Elle trace ensuite ces mots :

Dans cette nouvelle vie qui m'attend, tu es le seul être qui pourra me soutenir. Ô mon violon, nous voilà à présent accrochés l'un à l'autre. Toi et moi, nous finirons nos jours ensemble. Seuls, mais ensemble.

24

L'ennemi. Qui est-il vraiment ? Mots étranges que glisse le chef d'orchestre Hidemaro Konoye au creux de l'oreille de Nejiko, dans la nuit profonde des montagnes Alleghany, juste avant qu'elle monte sur scène pour interpréter le morceau de clôture de cette soirée d'adieu.

Elle porte une robe de la maison Lelong en soie légère et foncée, presque noire, qu'elle avait achetée avenue Matignon à Paris, une robe au décolleté rond et discret qui ne découvre son cou que jusqu'à l'attache des clavicules, et, derrière, les vertèbres de sa nuque légèrement saillantes sous ses cheveux, lorsqu'elle penche la tête. Elle procède à un dernier réglage avec son violon, se place à bonne distance du micro, se décale d'un pas pour éviter un faisceau de lumière qui l'aveugle.

Dans la salle, la foule des invités se mêle joyeusement, Japonais, officiels américains, personnel de l'hôtel, soldats et journalistes. Tout ce monde a fait toilette, les messieurs en tenue de soirée tandis que les dames portent bijoux et robes du soir. Sur les tables, des bouteilles de champagne, des petits fours, une humeur de fête, des rires même.

Il est presque onze heures. Peu à peu, le champ de vision de Nejiko se voile. Elle se lance et entame le vingt-quatrième *Caprice* pour violon solo de Niccolò Paganini en la mineur. Le public se fige, la musique se déploie avec, pour commencer, le quasi *presto* que Nejiko joue avec fougue en déjouant toutes les difficultés. Elle s'acquitte ensuite du *variationi* avec une élégance déconcertante, puis vient le finale, doux, mélodieux, avant une pointe d'accélération faite de doubles et de triples cordes, jusqu'à l'ultime envolée. Des gouttes de sueur perlent sur son front. Quelques instants de silence et le public se lève, comme abasourdi, puis se déchaîne. Un tonnerre d'applaudissements ébranle la salle. Les acclamations fusent. L'enthousiasme de l'assemblée résonne, Nejiko y répond avec un sourire gracieux et étincelant.

Bedford bascule dans la nuit. La foule sollicite un rappel. On la supplie de jouer un dernier morceau, même une toute petite chose. Elle cherche un pianiste dans le rang des musiciens, reconnaît le soldat qui a interprété les premiers morceaux au piano et l'invite à la rejoindre. Elle lui souffle : *Nocturne*, Opus 9, Chopin. Il sourit et acquiesce puis pose les premières notes, lentes, douces, chaleureuses, longues. Nejiko enchaîne à la quinzième, l'harmonie est parfaite, elle ferme les yeux, une longue complainte commence, un air tendre et nostalgique avec une saisissante égalité des timbres, la musique avance, revient, monte, descend dans l'ample et profonde mélancolie du creux des montagnes.

*
* *

Le lendemain, à l'aube, alors qu'elle sommeille dans l'autocar qui l'emmène avec toute la délégation à la gare de Washington, une brume grise et épaisse enveloppe ses souvenirs de la soirée. Un train doit les conduire jusqu'à Seattle où le navire transporteur de troupes USS General G.M. Randall les attend pour traverser le Pacifique.

À la gare, les quais ruissellent de pluie sous les pieds des voyageurs. Le jour se lève, toujours couvert d'un tamis gris et froid. Les employés de la gare circulent au milieu d'une effervescence bruyante tandis que les haut-parleurs guident la délégation japonaise vers le train de la *Northern Pacific*

Railway spécialement affrété pour traverser l'Amérique d'est en ouest. Le train file à une vitesse constante.

Dans le wagon de l'ambassadeur, Nejiko se concentre sur le spectacle des poteaux télégraphiques qui défilent à un rythme quasi métronomique et se transforment en un tic-tac intérieur. Elle y ajoute les notes émises par la locomotive sur les rails, et celles, plus chaudes et rondes, du léger brouhaha des voix, et forme dans son imaginaire une œuvre musicale en mouvement.

Nejiko ouvre *Le Bruit et la Fureur*. Elle a oublié de rendre le roman de Faulkner à l'hôtel. Assis juste derrière elle, Oga s'amuse qu'elle ait pris le roman le plus musical de la bibliothèque de Bedford. Dans ce livre, lui a-t-il expliqué, Faulkner est un compositeur. Tout est très ordonné avec le premier mouvement, *moderato*, la vie contée par un idiot ; le deuxième mouvement, un *adagio* douloureux, monologue intérieur du personnage ; le troisième est un *allegro*, pur, franc, autre monologue à travers le regard haineux de Jason ; et le quatrième mouvement alterne entre *allegro furioso* et *andante religioso* avant l'apaisement d'un *lento* finale.

Avec ce nouveau prisme d'un roman transformé en symphonie, Nejiko ne lève plus la tête jusqu'à la dernière phrase, un *lento* sonore qui résonne avec leur passage en gare de Chicago. Le train ne s'arrête pas, il continue sa route de longues heures encore jusqu'à atteindre Milwaukee, avant le Wisconsin et ses immenses espaces, puis Minneapolis. Il franchit sirène hurlante les ponts vertigineux qui ponctuent le parcours puis commence à ralentir à l'approche de Grand Forks, qui marque l'entrée en Dakota du Nord. Le train serpente dans le sinueux défilé ; on voit les premiers wagons, on voit la motrice cracher des masses de fumée brune ; des eaux murmurent à droite ; à gauche, des pins se dressent entre des blocs de rochers jusqu'au ciel gris pierre. Il y a de longs tunnels noirs, et, lorsque le jour revient, de vastes abîmes qui s'ouvrent, avec des villages minuscules dans les profondeurs.

*
* *

La nuit venue, Nejiko, somnolente dans son wagon, écoute vaguement le chuchotement de la conversation derrière elle. Oga raconte au conseiller militaire de l'ambassadeur qu'un soir, à l'hôtel Adlon, Eichmann lui a expliqué dans les moindres détails les convois de trains et les chambres à gaz qui permettent de traiter – il a retenu ce mot – *des quantités industrielles de juifs*.

Avec le bruit des rails et de la locomotive, Nejiko ne comprend pas tout, elle entend des bribes. *L'ambassadeur câblé ces… à l'Empereur… aucune… parvenue… La guerre… malheur… Que deviendra-t-on si… Des comptes…*

L'obscurité recouvre l'immensité des espaces. Un violent blizzard s'est levé. Nejiko grelotte sous son manteau, frigorifiée par le vent qui s'engouffre en stridulant dans les interstices des compartiments. Au réveil, le soleil est pur et intense. Elle se laisse emporter par la beauté des paysages, toutes ces montagnes coiffées de neige, au loin, les forêts de sapins blancs qui débouchent sur le Montana et les parcs nationaux que le train traverse à un rythme plus lent.

19 novembre

Je me demande sans cesse s'il aurait mieux valu que je ne parte jamais en Europe. Seule certitude : toute cette aventure dangereuse a été romantique et intéressante. De toute façon, je m'étais toujours promis de mener une vie différente de celle des autres filles et, plus tard, de celle des femmes au foyer ordinaires. Je ne veux pas, comme la plupart des gens, avoir vécu pour rien.

20 novembre

Nous voilà enfin au port de Seattle... Sommes montés à bord de l'USS General G.M. Randall avec mille trois cents rapatriés. La plupart jacassent sur l'état de notre pays. Tokyo ressemblerait à Berlin, entièrement détruite et anéantie. Mon cœur enrage déjà.

21 novembre

Lourde erreur. J'ai repris mon violon mais ma motivation n'est plus là. Sur le crescendo, mon phrasé était atroce. Nul. Une accumulation d'erreurs. Horrible. Qui va apprécier mon jeu au Japon ? Tout est en ruine, les gens auront autre chose à faire que m'écouter en concert... Et qui me connaît là-bas ?

22 novembre

La guerre, quelle arythmie, quel chaos. Impossible pour le rythme et l'harmonie de prendre possession de cet espace. Débâcle, dispersion des notes et des timbres. Dissonances. Brisures.

23 novembre

Oga dit que les Américains enregistrent les conversations sur le bateau. Tous nos avoirs sur les comptes allemands et japonais ont été bloqués. Il pense aussi qu'à notre retour il sera arrêté et jugé avec l'ambassadeur. J'ai voulu le rassurer mais il m'a éloignée d'un geste. On dirait qu'il a perdu tout espoir. Ou alors il se tient à distance de moi, maintenant qu'il sait qu'il va retrouver sa femme.

24 novembre

Hier, très tard dans la nuit. Trois coups à la porte de ma cabine, ce que j'ai eu peur ! Dieu soit loué, c'était Oga. Quelle joie ! Quelle nuit enflammée ! La dernière ?

25 novembre

Je devrais faire la liste des objets achetés en Europe que je ne reverrai jamais ! À part mon violon, ma robe Lelong et ma partition originale de Bach, j'ai tout perdu... Mon étole en cachemire de la rue du Bac, mes foulards, mes parfums. Mon chapeau cloche, en feutre vert, de chez Mühlbauer à Vienne. Même ma broche Bulgari de la via dei Condotti à Rome...

25

Deuxième mardi de décembre 1945. Cette scène, je l'ai vécue et pourtant, j'ai le plus grand mal à la restituer. Les plans se bousculent : l'arrivée de l'USS General G.M. Randall dans l'épaisse gaze grisâtre qui embue le ciel du port de Tokyo, les GI plaisantant entre eux, debout, au pied de leurs jeeps vertes, la petite foule de Japonais, calmes, impassibles, espérant retrouver un proche.

J'ai réussi à me faire enrôler par les troupes américaines comme prétendu journaliste français pour couvrir l'occupation militaire du Japon. Ce matin d'hiver glacial, je suis donc là, sur le quai de Tokyo, avec la vingtaine de reporters accrédités, la plupart américains et japonais, à attendre le navire rapatriant les mille trois cents Japonais. J'ai avec moi la photo de Nejiko Suwa que m'a donnée Boris Kamensky quand je l'ai rencontré pour mon enquête à Paris, ainsi que la fiche manuscrite d'évaluation datée de 1938 qu'il a rédigée sur elle, comme il le fait pour tous ses élèves. Je ne cesse de la triturer entre mes mains gantées de laine, la lisant et la relisant pour faire passer le temps et le froid.

Nejiko Suwa
Élève disciplinée et appliquée. Humble et patiente. Attentive aux conseils donnés.
Si elle ne possède pas de qualités musicales innées, elle fait montre d'une réelle intuition dans le jeu et d'une grande honnêteté d'interprétation.
Très bonne connaissance, pour une jeune Japonaise, de l'environnement musical européen et de ses œuvres.
Solides bases d'enseignement reçues au Japon. Justesse technique. Vibrato clair.
Caractère (de musicienne) à affirmer.

Une agitation anime brusquement l'atmosphère. Je ressens un frisson à l'idée que celle que je poursuis depuis des mois va émerger du bateau. Je scrute la masse de passagers qui descendent. Personne ne correspond au portrait que j'ai entre les mains.

Partant à contre-courant, je frôle manteaux, valises, allant même jusqu'à héler deux jeunes femmes qui, inquiètes, se hâtent de presser le pas. La veille, j'ai mal dormi : je n'ai aucun plan pour m'emparer du violon, et plus j'y réfléchis, plus je me dis que les preuves dont je dispose sont loin d'être éclatantes. De surcroît, les Américains cherchent à pacifier les relations avec la population : impossible de provoquer le moindre incident en public.

La foule autour du navire se clairsème. Encadré par des militaires, l'ambassadeur Oshima émerge de la passerelle pour être immédiatement arrêté par des officiels américains qui l'installent dans une grande berline noire. Elle démarre en trombe escortée par quatre jeeps. C'est alors que je la vois. Je n'ai aucun doute. Une valise dans une main et un étui à violon dans l'autre, elle est belle, très belle, davantage même que sur la photo. Elle a vingt-cinq ans, j'en ai bientôt trente, je me dis qu'entre musiciens, nous allons sûrement nous comprendre, que je vais tout lui expliquer, qu'elle comprendra et me rendra le violon de Lazare.

J'ai sorti mon carnet de notes et ma fausse carte de journaliste pour me donner une contenance et je m'approche d'elle, le plus souriant possible pour ne pas l'inquiéter. Je m'adresse à elle en français :

« Dans mon pays, tout le monde vous regrette déjà. »

Elle me demande qui je suis et j'attaque tout de suite.

— Un journaliste qui s'intéresse à votre violon. On dit que Goebbels vous l'a offert et qu'il représente une valeur inestimable. Est-ce bien celui que vous tenez entre les mains ?

Un éclair de panique traverse son regard. Elle cherche des yeux une personne qu'elle ne trouve pas. Je la questionne encore, elle se dérobe. Elle finit par soupirer, très agacée :

— Oui c'est bien lui, j'ai risqué ma vie pour le protéger pendant toute la guerre et je continuerai à le faire.

Elle regarde ailleurs, cherche à me fausser compagnie, je me poste devant elle, et, comme je sais que je n'ai plus beaucoup de temps, je choisis de délivrer d'une seule traite toutes les informations accumulées au cours de mon enquête :

« Votre violon a été volé par les nazis à un jeune Français, nommé Lazare Braun. Et savez-vous pourquoi il lui a été volé ? Parce qu'il était juif. Et savez-vous ce qu'il est advenu de lui ? Comme tous les juifs, il a été assassiné. Si vous acceptez de me montrer votre violon, je serai en mesure de l'authentifier. Regardez, là, voilà une photo de lui avec son violon. Quelques jours après, les Allemands le déportaient dans l'un de leurs camps d'extermination... »

Pendant ma tirade, j'observe Nejiko se décontenancer. Son visage paraît pétrifié, abrupt et triste. Elle vacille. J'avance mon bras pour la soutenir mais, craignant que je cherche à m'emparer de son violon, elle se dégage et se met à courir en hurlant. *Laissez-moi tranquille !*

Les visages, américains et japonais, se retournent, en alerte. Je fais un signe pour dire que tout va bien, qu'il y a méprise. Je serre les poings et je maudis cette Japonaise. Première rencontre. Tout en maladresse. Fugace et froide.

26

À partir de là, le temps se distend. Les carnets de Nejiko deviennent plus flous, moins précis, les écrits plus rares. Quelques traces, éparses. De simples notes qui s'arriment aux remous de la vie.

De retour dans la maison maternelle, à Mejiro, elle tombe malade. Enroulée dans les couvertures, accablée par les oscillations de la fièvre, elle grelotte, en nage. La toux ne la quitte plus. Après l'une de ses crises d'étourdissement, elle note ce rêve illuminé.
Elle s'imagine dans un train, son violon carbonisé par les flammes à la suite d'un raid. Elle entend le bruit d'un quadrimoteur américain qui décrit de longs cercles au-dessus de sa tête, mais, à la place des détonations et des explosions, de puissants haut-parleurs diffusent de la musique qui se mêle aux vrombissements du moteur. Jacques Offenbach, *Orphée aux Enfers* !

Sa mère lui apprendra par la suite qu'au moment de son étourdissement, un bombardier américain diffusait effectivement de la musique au-dessus de Tokyo, mais pas du Offenbach. Pour apaiser la population, le général MacArthur a décidé de remplacer les bombes par du Beethoven, qu'il affectionne tout particulièrement.

*
* *

La mère de Nejiko, désespérée par ce qui s'apparente à un début de pneumonie alors qu'il n'y a plus aucun médicament disponible dans la ville, choisit de s'adresser à l'ennemi en ultime recours. Elle implore le commandant suprême des forces alliées de permettre à sa fille d'être soignée à l'hôpital militaire américain.

Voici sa lettre, que j'ai retrouvée :

Monsieur le général MacArthur,

C'est le cœur déchiré que je me permets de m'adresser à Votre Excellence pour la supplier de venir en aide à ma fille, Nejiko Suwa.

Musicienne prodige, c'est aujourd'hui la plus grande violoniste de notre pays, de retour après des années de tournée internationale.

Malheureusement, elle est tombée gravement malade et je n'ai pas les moyens de la soigner ni les ressources pour lui offrir la nourriture qui lui permettrait de combattre le fléau qui l'accable.

Je m'adresse à vous en tant que commandant suprême mais aussi en tant que mélomane, vous qui avez remplacé les bombes de vos B-29 par la musique de Beethoven. Vous trouverez joint à ce courrier un enregistrement d'une des dernières compositions de ma fille.

Votre Excellence, je vous implore humblement de donner une suite favorable à la supplique d'une mère seule, inquiète pour sa fille. Aidez-la ! Vous seul pouvez la sauver.

MacArthur a-t-il lu cette lettre ? Je n'en ai pas la preuve. Mais quelques jours après le courrier de sa mère, Nejiko est admise à l'hôpital militaire américain, dans le quartier d'Hibiya.

Toute sa vie, sauf peut-être le jour où elle a décidé seule de quitter le Japon pour poursuivre sa formation musicale à Paris, Nejiko aura bénéficié malgré elle du destin, du *shukumei*, d'opportunités qu'on a saisies pour elle, à sa place, malgré elle. Et toute sa vie, on se sera servi d'elle comme d'un symbole. Non pas de sa musique ni même véritablement de son violon, mais d'elle, de ce qu'elle incarne : naguère, la musicienne japonaise installée en Europe qui scelle l'alliance des deux empires, et, désormais, la violoniste nipponne formée en Europe, modèle à encourager dans ce nouveau Japon modernisé que le général MacArthur est venu bâtir.

Alors oui, les Américains la remettent sur pied et plutôt deux fois qu'une, avec l'idée qu'elle pourra parcourir le pays avec son violon pour soutenir le moral de la population.

Nejiko l'a appris au contact de Goebbels : la guerre et sa continuation ne sont qu'affaire de communication et de propagande maîtrisée. Dans ce domaine, les Américains ne sont pas en reste. Douglas MacArthur tient ainsi à ce que l'Empereur du Japon soit mis hors de cause dans le procès de Tokyo qui s'ouvre. Les anciens ministres et les généraux de l'armée, les ambassadeurs à Berlin, à Rome, ceux-là doivent être reconnus coupables de la doctrine expansionniste du Japon, mais pas Hirohito. Lui, il s'agit de l'utiliser pour maintenir la stabilité du pays, de l'exhiber comme la marionnette d'un folklore passé, en guise de repoussoir du communisme. Voilà en substance les propos que le Général tient au président Truman.

*
* *

Le 1er janvier 1946, quand Camus proclame au Flore devant un parterre d'amis dissipés la révolte métaphysique conduisant au refus de Dieu, c'est dans sa chambre d'hôpital que

Nejiko entend pour la première fois, ébahie, la voix d'Hirohito sortant du transistor. Jamais aucun empereur ne s'est adressé de vive voix à son peuple ! Il prononce sa déclaration d'humanité, *ningen sengen*, dont le texte lui a été dicté par les Américains :

« Les liens qui m'unissent à vous, mon peuple, reposent sur une relation de confiance et de respect mutuels, ils ne se réduisent pas à de simples mythes et légendes. Ils ne reposent pas non plus sur les conceptions fantasques qui font de l'Empereur une divinité révélée et des Japonais un peuple supérieur à tous les autres et destiné à dominer le monde. »

Finis les miracles. L'humanité se réveille et ouvre progressivement les yeux : sur les crimes et les massacres, sur les positions ambiguës et les compromissions. L'heure des comptes vient de sonner. Pour les dieux, les divinités vivantes, les militaires, les généraux, les hommes politiques, les ambassadeurs, les traîtres et même les musiciens.

*
* *

La tante Anna, venue tenir compagnie à Nejiko dans sa chambre d'hôpital, lui raconte qu'à Berlin, Wilhelm Furtwängler a été inquiété par une commission de dénazification mise en place par les Américains. Mis en cause publiquement, décrié par le nouveau pouvoir et les Alliés, il a subi des interrogatoires humiliants où ses fréquentations avec les hauts dignitaires nazis, notamment Goebbcls, ont été passées au peigne fin.

« Comment peut-on inquiéter un homme d'un tel talent, s'indigne Nejiko. Jeter son honneur en pâture au seul motif qu'il a refusé de déposer les instruments pour ne pas prendre les armes ? Mais qu'est-il advenu de lui ? »

Sa tante lui annonce qu'il a finalement été mis hors de cause, de nombreux musiciens juifs ayant, semble-t-il, pris sa défense. Elle lui lit une lettre que Yehudi Menuhin a adressée au général représentant le gouvernement américain à Berlin :

En de nombreuses occasions, Wilhelm Furtwängler a risqué sa vie et sa réputation en intervenant pour protéger amis et musiciens de son orchestre. Je ne crois pas que le fait de rester dans son pays, surtout pour exercer le travail qui était le sien et qui ressemblait à une sorte de « Croix rouge » spirituelle ou à une mission pastorale, soit de nature à justifier une condamnation. Bien au contraire. En tant que militaire, vous devriez savoir que rester en poste requiert parfois davantage de courage que prendre la fuite.

Existe-t-il verdict plus difficile à rendre pour un juge lorsqu'il s'agit d'apprécier si un artiste qui continue à faire son travail cautionne ou soutient un régime ?

Imaginez la perplexité du chef du cabinet du commandant suprême des forces alliées au Japon lorsqu'il me reçoit... La violoniste prodige Nejiko Suwa, symbole de la nouvelle amitié américano-japonaise, aurait pour instrument un violon volé à un musicien juif français mort en camp de concentration !

Il passe en revue le certificat du luthier parisien, les photos, mon ordre de mission signé par le préfet Luizet, puis les copies de l'édition du journal *Asahi Shimbun* de 1943 où Goebbels, tout sourire, offre le violon à Nejiko. À la fin, il se lève et me tape sur l'épaule en me raccompagnant : « *What a story ! Amazing...* »

Le lendemain, quatre GI se présentent à l'hôtel bon marché de Mejiro où je me suis installé. Ils m'annoncent avoir l'ordre de me faire immédiatement quitter le Japon par le premier bateau pour Los Angeles.

Pantomimes

Tokyo – Los Angeles
1946-1951

27

Printemps 1946. Avec plus de lyrisme que j'en aurai jamais, Nejiko écrit son plaisir de retrouver les impressions paisibles de son enfance, les senteurs qu'elle avait fini par oublier. À toutes les lignes, ce ne sont que cerisiers blancs ou roses, parterres de tulipes jaunes et orange, massifs d'azalées, fleurs d'hortensias, rosiers, allées de camphriers le long des palissades, ginkgos, magnolias...
On en oublierait presque les milliers de sans-logis qui sont encore réfugiés dans les souterrains des stations de métro, les récoltes toujours catastrophiques, les patients qui meurent dans les hôpitaux, plus d'inanition que de maladie, les tickets de rationnement, les pauvres haricots bouillis, la pénurie de charbon, le chaos dans les transports... De cette réalité-là, il n'est pas question dans le journal de Nejiko. Est-ce parce qu'après avoir frôlé la mort, elle se sent renaître dans ce pays au raffinement sans pareil ? Parce

qu'elle se dit que, quelles que soient les circonstances de la vie, elle, Nejiko, s'en sortira toujours grâce à son talent de musicienne ? Ou est-ce simplement une incantation pour que le bonheur revienne ?

*
* *

En contrepartie de son accord pour une tournée musicale de plusieurs années dans tout le Japon, les Américains ont débloqué les avoirs et les comptes à l'étranger de Nejiko. Elle en fait profiter sa mère et sa tante Anna, leur fait acheter nourriture, bois et vêtements au marché noir d'Ikebukuro. Elle s'offre aussi un appartement dans le quartier Hibiya, tout proche du Palais de l'Empereur et du grand Hôtel impérial, le lieu de résidence des hauts-gradés américains. C'est la première fois qu'elle habite seule dans sa propre ville et la voilà déjà en train de mener une autre vie, à côté du monde qui l'entoure, de ses embarras et de ses tracasseries...

Dans son journal, elle évoque le chemin parcouru entre son enfance à Mejiro et son retour, jusqu'à son installation dans cet appartement lumineux et confortable au deuxième étage d'un petit immeuble de style occidental demeuré intact malgré la guerre.

Depuis la fenêtre de son salon au doux plancher de cèdre rouge, rien ne paraît lui plaire davantage que d'observer la file d'attente aux caisses du cinéma Hibiya qui s'étend le long de l'avenue. En ces temps troublés, la salle est aussi bondée que les rares trains en service. On voit des films américains mais aussi des court-métrages japonais approuvés par la commission de censure du quartier général américain. Nejiko s'enthousiasme pour *Je ne regrette rien de ma jeunesse* et surtout *Ceux qui bâtissent l'avenir* du jeune réalisateur Akira Kurosawa qui célèbre la paix et la fin des horreurs de la guerre.

Il semble aussi, si l'on en croit quelques inscriptions laconiques et peu équivoques, qu'elle revoie Oga à cette période. Il est fréquemment de passage à Tokyo pour aider l'ambassadeur Oshima à préparer sa défense.
Un soir, ravi de ces trouvailles, il offre à Nejiko deux estampes originales pour décorer son nouvel appartement. La première de Fritz Capelari, en clin d'œil à la gravure représentant le Mont Fuji qu'elle possédait à Paris ; la seconde est d'Onchi Koshiro, son cousin. Les deux estampes représentent des portraits de femmes : l'une devant son miroir, avec une couleur et un éclat étincelant ; l'autre, en pleine sieste avec un verre au premier plan, intitulée en français *Le Printemps*, qui

fait partie, explique Oga, de la série *Belles femmes des quatre saisons*.

À chacun de ses passages, il lui donne des nouvelles de l'ambassadeur Oshima, emprisonné à Sugamo, qui risque, comme les vingt-sept autres prévenus, la mort par pendaison. Il y a dans le box des accusés quatre Premiers ministres, trois ministres des Affaires étrangères, quatre ministres de la Guerre, un garde des Sceaux, deux ministres de la Marine, six généraux, un amiral, deux hommes d'affaires, deux trafiquants de drogue, un théoricien de l'expansionnisme japonais et deux ambassadeurs du Japon, l'un en poste à Rome, l'autre à Berlin. Oga s'emporte fréquemment contre cette mascarade, emmenée par un président du tribunal australien qu'il juge à la solde des Américains.

Il condamne tout aussi violemment l'attitude déshonorante de l'empereur Hirohito qui aurait négocié la vie sauve pour lui et toute sa famille en échange de sa collaboration. Cette parodie de justice est si évidente que lorsque les intérêts américains sont concernés, personne n'est inquiété : Oga en veut pour preuve le sort du général Shiro Ishii, responsable des expérimentations bactériologiques de l'unité 731, qui a négocié de ne pas être inquiété en échange de la transmission aux services secrets américains de tous les résultats de ses macabres expériences.

Un jour, avec l'idée de convaincre Nejiko, Oga insiste pour qu'elle l'accompagne à une matinée d'audiences dans les bâtiments gris de l'ancien quartier général de l'armée de terre d'Ichigaya, qui ont été reconvertis en siège du tribunal militaire international pour l'Extrême-Orient.

Glacée par l'ambiance qui règne dans cette salle immense et austère, Nejiko observe la pièce de théâtre qui se joue, avec son parterre d'acteurs aux mines sévères, sérieuses et fermées : prévenus, juges, avocats, procureur, traducteurs, public.

Oga a mal choisi sa journée. C'est celle où le président Webb décide d'examiner les preuves du massacre de Nankin commis par les soldats japonais : trois cent mille morts et vingt mille viols en six semaines. Des rapports des troupes japonaises et des documents militaires officiels font état de soldats japonais forçant des familles chinoises à commettre des actes d'inceste. Les fils sont contraints de violer leurs mères, et les pères de violer leurs filles.

Arrive à la barre un chirurgien américain qui décrit une scène à laquelle il a personnellement assisté : « La dernière personne de la rangée était une femme enceinte. Le soldat pensait qu'il pourrait tout aussi bien la violer avant de la tuer, alors il l'a tirée sur une dizaine de mètres en dehors du groupe. Quand il a essayé de la violer, la femme a résisté avec vigueur... Le soldat l'a poignardée dans le ventre avec une baïonnette. Elle a poussé un dernier cri lorsque ses intestins sont sortis. Ensuite, le soldat a poignardé le fœtus, avec son cordon ombilical clairement visible, et l'a jeté à côté. »

Au retour de cette matinée, Nejiko déverse sur Oga tout le dégoût et l'indignation que ces témoignages ont suscité en elle. Il se défend mal, affirmant que les vingt-huit prévenus ne faisaient qu'obéir aux ordres de l'Empereur, qu'on parle de cas isolés à Nankin, et il ne cesse de rejeter la responsabilité sur celui qu'il appelle désormais ce traître d'Hirohito, devenu à ses yeux le jouet des Américains qui l'habillent à la sauce occidentale comme on habille une poupée.

À ces mots, Nejiko se vexe, et cherche ce qu'elle a de plus méchant à lui dire. Elle choisit de lui rappeler ce qu'il a chuchoté un soir, quand ils traversaient l'Amérique en train, la confidence d'Eichmann et la preuve qu'Oshima et lui avaient parfaitement connaissance du massacre des juifs en Europe. Eux non plus n'avaient pas levé le petit doigt pour essayer d'arrêter Hitler...

Le procès de Nuremberg bénéficie alors d'un large retentissement dans le monde. Piqué au vif, Oga lui demande à son tour si elle pense vraiment qu'Oshima a la moindre responsabilité dans l'accession d'Hitler au pouvoir et dans l'élaboration de sa théorie sur la race...

« Tu nous donnes beaucoup d'importance, conclut-il avant de partir en claquant la porte, Oshima est un diplomate, pas un assassin. »

28

Été, automne, hiver 1946. Tokyo. Nagoya. Kyoto. Osaka. Les saisons se mêlent, les villes se confondent, Nejiko est de nouveau emportée par la mécanique du temps. Elle joue Bach, Haendel, Sibelius, Beethoven, Mozart, Darius Milhaud, Paganini, Mendelssohn, Stravinsky, Bartók...

Printemps, été, automne, hiver 1947. Yokohama. Fukushima. Sapporo. Akita. Trains. Hôtels. Salles de concert. Autographes. Applaudissements. Réceptions. Discours.

Printemps, été 1948. 15 août. Kobé. Dix heures du matin. Journées caniculaires répétant inlassablement la même torpeur et le même engourdissement. Chambre d'hôtel close, aux rideaux tirés, aux fenêtres fermées. Air saturé de moiteur, à peine brassé par un ventilateur-lustre en fer forgé. Ce matin-là une migraine retient Nejiko dans son lit. Elle semble de plus en plus sujette à des insomnies épouvantables. Tout à l'heure, elle doit encore se produire en concert. Toujours les mêmes journées, avec un public moins averti qu'à Paris, Vienne ou Berlin et qui a un goût plus prononcé pour le *shamisen* traditionnel que le violon, déplore-t-elle dans ses carnets.

Plus elle parcourt le pays, plus elle mesure les différences radicales d'interprétation entre musiciens japonais et maestros européens. Sous l'influence germanique de Furtwängler et de Knappertsbusch, elle a appris à apprécier la musique charpentée et parfaitement symétrique. Ici, tout est différent. Les chefs d'orchestre ne se préoccupent pas de l'équilibre orchestral et les musiciens sont tout en retenue, en discrétion, en consensus, là où en Europe on leur a appris à révéler dans le jeu leur personnalité et leur singularité propre. La seule caractéristique de l'interprétation japonaise est cette capacité plus aiguë à marquer le *ma*, cette faculté à épouser les temps forts et faibles, les pauses et les silences que Nejiko s'applique à travailler davantage.

Je dois jouer les notes qui sont sur la partition mais aussi les silences qui sont derrière et qui relient l'ensemble. J'aimerais une musique qui se déroule à l'infini, aussi naturelle que la respiration.

La sonnerie du téléphone la sort de sa torpeur. Lorsqu'elle décroche, elle entend la voix agitée et rapide du directeur de l'établissement qui tient à lui faire part d'une nouvelle tout à fait extraordinaire : les autorités de la préfecture de Kobé viennent de l'informer que l'Empereur du Japon, Hirohito en personne, était en route pour l'hôtel ! Abasourdie, elle met du temps à comprendre. Mais que vient-il faire ici ? Il parcourt le pays à la rencontre de son peuple.

Quand ses conseillers lui ont soufflé qu'elle était présente dans cette ville, il a demandé à saluer cette jeune violoniste virtuose dont tout le monde chante les louanges.

Les informations se bousculent dans l'esprit de Nejiko. L'Empereur en personne... Quelle drôle d'idée de venir à l'improviste, comme n'importe qui... Et cette migraine qui ne passe pas. Elle s'habille, se coiffe à la hâte et s'empresse de descendre.

L'effervescence est déjà palpable. Une petite foule s'est réunie à l'extérieur de l'hôtel. À l'intérieur, l'ambiance est frénétique, le personnel court partout pour agencer les tables et les chaises de la salle, apporter fleurs et décorations.

À peine le temps pour le directeur de l'établissement d'entraîner Nejiko sur le perron que deux berlines noires suivies de plusieurs jeeps américaines s'arrêtent devant l'hôtel. Les badauds sont maintenus à bonne distance. La porte de la voiture s'ouvre, un soulier noir se plante sur le sol. Murmure dans l'assemblée. Certains se prosternent. Sort un petit personnage, fluet, nonchalant, étrangement accoutré d'un costume noir à l'occidentale et d'une chemise blanche. Son corps paraît totalement désarticulé, dans une démarche confuse et chancelante. Il semble flotter dans ses habits. Nejiko l'observe s'avancer lentement, focalisée sur son allure hésitante. Hirohito est désormais tout proche. À ses côtés, le directeur est en train de s'incliner avec ostentation pour accueillir l'illustre personnage. Elle l'imite.

L'Empereur les toise d'un regard vide pendant que le directeur balbutie quelques mots tout en s'empressant de les conduire dans le salon réservé où une table basse a été dressée pour la cérémonie du thé. L'Empereur du Japon et Nejiko se retrouvent face à face. Un silence gêné s'installe du côté de Nejiko qui n'ose pas affronter son regard. L'Empereur lance la discussion sans s'embarrasser des exigences du protocole :

— Les avis sur vous sont unanimes. Vous êtes, aux yeux de tous, la meilleure violoniste japonaise que notre pays ait connu.

Dans l'esprit de Nejiko, des sentiments contradictoires se bousculent. Se retrouver en tête à tête avec le descendant direct d'Amaterasu, la déesse du Soleil, la paralyse, et, dans le même temps, elle est déçue de découvrir un être dont l'apparence est si normale. Cette dernière considération l'aide à retrouver la parole.

— Votre Majesté, c'est un immense honneur de pouvoir m'adresser à vous. Votre visite est une preuve d'intérêt que j'estime ne pas mériter.

Hirohito l'observe quelques instants, presque soulagé que Nejiko lui réponde. Il paraît se détendre.
— Nous faisons la même œuvre utile. Nous parcourons notre pays pour redonner de l'espoir au peuple. Et vous, vous le faites avec un talent musical que j'apprécie.

Nejiko s'incline lentement pour remercier l'Empereur, qui poursuit :
— La première fois que j'ai entendu parler de vous, vous étiez en Europe. Notre ambassadeur à Berlin m'avait informé qu'un violon prodigieux vous avait été offert au nom du chancelier Hitler. Est-il toujours en votre possession ?
— Oui, Votre Majesté. Nous avons affronté tant d'événements difficiles ensemble qu'aujourd'hui, rien ne pourrait m'en séparer. Ce serait comme m'arracher une part de moi-même.

Surprise que l'Empereur évoque aussi librement Hitler et l'ambassadeur Oshima,

Nejiko songe aux inquiétudes d'Oga et décide de profiter de la situation :

— Votre Majesté, l'ambassadeur Oshima a été pour moi d'une grande aide en Europe. Pensez-vous qu'il faille s'inquiéter de son sort lors du verdict du procès de Tokyo ? Est-il possible que vous demandiez aux Américains d'être cléments ?

L'Empereur stoppe le mouvement de son bras qui portait la tasse de thé à ses lèvres. Son visage change en un instant, ses traits redeviennent ceux d'un chef de guerre.

— Je ne suis pas venu vous voir pour parler de ce procès. Voilà les photographes, j'ai promis au général MacArthur une photo avec vous. Il me répète à longueur de journée que mon peuple doit désormais sentir que je suis plus proche de lui... Je songe à vous honorer très prochainement Mademoiselle Suwa, mais je réfléchis à la forme la plus adéquate.

Une nuée de photographes s'approche. Nejiko essaie de se décontracter pendant qu'elle prend la pose avec l'empereur. Sur la photo qu'elle accrochera plus tard dans son salon, il reste de ce moment un sourire crispé.

29

26 septembre 1948. Une pluie battante s'abat sur Tokyo, les restes d'un typhon passé au large de la mer du Japon. Au théâtre Hibiya, Nejiko donne un grand concert pour célébrer la fin de sa tournée. Elle est premier violon sous la direction du chef d'orchestre Kosaku Yamada. Ils ont fixé ensemble le programme de la soirée. Mozart, Brahms, Haendel et Tchaïkovski. La salle est comble, sa mère et sa tante sont au premier rang, à proximité des généraux américains, des membres de l'État-major mais aussi des personnalités japonaises. Oga est là aussi. Pour se faire pardonner, il est venu avec son cousin, le célèbre peintre Onchi Koshiro, qui doit faire le portrait de Nejiko en train de jouer, comme il s'y était engagé à Bedford.

À l'entrée de Nejiko sur scène, l'assistance bruisse d'excitation. La violoniste célèbre jusqu'en Europe... Son violon serait aussi cher que le Palais de l'Empereur... Les lumières de la salle sont restées allumées, rendant visibles chaque visage, chaque infime réaction de l'auditoire.

Comme d'habitude, une angoisse la saisit, la sensation de s'apprêter à sauter dans le vide. La musique s'élève dans un frémissement hésitant, Nejiko se lance dans le combat contre son instrument. La tension entre elle et son violon est immédiate, dès les premières notes, comme entre deux aimants qui cherchent à s'assembler malgré leur polarité semblable, deux forces contraires aux mouvements parallèles, glissant l'un contre l'autre au fur et à mesure qu'ils se rapprochent.

Enfant, Nejiko s'était acheté deux pierres noires aimantées, comme pour s'exercer à ressentir cette tension autrement qu'avec son instrument. En les lui vendant, le vieux marchand avait marmonné un mot incompréhensible que Nejiko lui avait fait répéter. « Indomptables, avait-il articulé, c'est comme ça qu'on appelle ces pierres. » Ce mot lui était revenu au contact du violon de Goebbels.

*
* *

À l'issue du concert, Nejiko retrouve Oga qui a insisté pour l'inviter à dîner avec son cousin dans un restaurant proche du théâtre. Elle leur raconte qu'elle comptait initialement jouer, en clin d'œil à sa tante russe, le quatuor à cordes n° 1 de Chostakovitch mais que les Américains ont refusé. Onchi s'offusque que des considérations politiques puissent interférer dans un programme musical et Oga en profite pour attiser la chamaillerie en lui rappelant qu'il avait, jusqu'à récemment, le statut d'artiste de guerre et travaillait à la propagande de l'Empire du Japon en Asie. « L'art a bien une patrie, mon cher Onchi ! » Ravi de prendre Nejiko à témoin de leur combat de coqs, Onchi se défend et réplique qu'eux qui ont côtoyé le régime nazi en Europe doivent comprendre que l'art est insaisissable.

— Je crois beaucoup à la différence entre honnêteté personnelle et honnêteté artistique, abonde Nejiko. On peut être attaché à la défense de la civilisation japonaise tout en pratiquant un art, y compris étranger comme la musique classique européenne, avec une grande sincérité artistique et en y apportant ses propres influences. Nous, les Japonais, nous nous efforçons d'assimiler ce qui vient de l'Europe. Parce que nous n'avons pas le choix : ou bien la tradition meurt, ou bien elle s'associe à la modernité.

— Je vous rejoins parfaitement, l'interrompt triomphalement Onchi voyant dans les propos de Nejiko un parallèle avec l'influence des peintures européennes qu'il intègre dans ses estampes.

Nejiko poursuit sans se laisser distraire :

— L'artiste demeure insaisissable. J'ai côtoyé des chefs d'orchestre, comme Furtwängler ou Knappertsbusch, qui ne me donnaient en rien le sentiment de cautionner le régime politique de leur pays. Ils n'ont pas pour autant renoncé à se produire ni à faire vivre leur musique, qui n'appartenait qu'à eux seuls. Même s'il joue aux côtés d'un régime en place, rien ne garantit à ses dirigeants qu'un artiste soutienne leur politique. Et rien n'assure même qu'il ne se moque pas de lui, avec ironie et distance, comme le fait Chostakovitch à Moscou, si j'en crois ma tante.

La discussion se prolonge jusqu'à une heure avancée de la nuit, passant du registre de la musique comme art le plus proche de la création naturelle au chemin artistique le plus noble pour atteindre l'intérieur d'une âme.

— Comment faites-vous avec vos dessins ? demande Nejiko à Onchi.

— J'essaie de fuir les faux-semblants. Je reproduis les gens tels que je les perçois et non tels qu'ils aiment se montrer.

— Et y parvenez-vous ?

— Seulement en conjuguant le figuratif et l'abstrait... et encore !

*
* *

Quelques semaines plus tard, Oga apporte à Nejiko l'estampe *Impression d'une violoniste, portrait de Suwa Nejiko* que vient de terminer Onchi. Le visage et l'instrument de la jeune femme sont vus entre les épaules de deux spectateurs lors du concert, et éclairés par une lumière artificielle. L'archet du violon crée une diagonale qui scinde la composition en deux tandis que la ligne noire de son ombre portée sur le nez de la violoniste divise son visage.

J'aurais pu imaginer la scène entre Nejiko et Oga mais son journal parle de lui-même :

Dans tous les portraits que réalise ce peintre, les femmes sont gracieuses et lumineuses. Et quand il me représente, la noirceur domine ! Sans parler de la tristesse qui déforme mon visage. Il a expliqué à Oga avoir voulu symboliser un prétendu conflit intérieur qu'il aurait perçu en moi lors du concert ! Soi-disant celui de jouer devant les forces d'occupation américaines. C'est ridicule ! M'utiliser de la sorte à des fins politiques ! Je comprends mieux son statut d'artiste de guerre... Si encore il avait voulu signifier un éventuel conflit avec ce violon dont l'origine m'échappe... Mais non. Ce portrait est lugubre. J'ai demandé à Oga de le lui restituer sur-le-champ avant que je ne le réduise en petits morceaux.

30

Jugement prononcé par le tribunal militaire international pour l'Extrême-Orient le 12 novembre 1948 (extraits).

Les États-Unis d'Amérique, la République de Chine, le Royaume-Uni de Grande-Bretagne et d'Irlande du Nord, l'Union des Républiques Socialistes Soviétiques, le Commonwealth d'Australie, du Canada, la République française, le Royaume des Pays-Bas, de la Nouvelle-Zélande, de l'Inde et le Commonwealth des Philippines
Contre
L'accusé Hiroshi Oshima, Lieutenant-Général de l'armée du Japon, attaché militaire japonais à Berlin en 1936, ambassadeur en Allemagne d'octobre 1938 à octobre 1939 et, à nouveau, entre février 1941 et avril 1945.
(...)
Acte d'accusation

(...) Dans les années ci-après visées par le présent acte d'accusation, les politiques intérieures et extérieures du Japon ont été dominées et dirigées par une clique militariste criminelle, dont les décisions ont causé de graves troubles mondiaux, des guerres et de grands dommages contre les intérêts des peuples pacifiques et des Japonais eux-mêmes.

L'esprit du peuple japonais a été systématiquement empoisonné par des idées relatives à la prétendue supériorité raciale du Japon par rapport aux autres peuples d'Asie, voire du monde entier. Les institutions parlementaires japonaises ont été utilisées comme instrument pour une agression généralisée et un système a été mis en place, similaire à celui alors établi par Hitler et le parti nazi en Allemagne. Les ressources économiques et financières du pays ont été exclusivement mobilisées pour l'effort de guerre, au détriment du bien-être du peuple japonais. Un complot entre les accusés, rejoint par les dirigeants d'autres pays agressifs, à savoir l'Allemagne nazie et l'Italie fasciste, a été conclu. (...)

Considérant que vous avez activement contribué, avec tous les autres accusés, à l'édification et l'exécution d'un plan commun ou complot,

Considérant que l'objet d'un tel plan ou complot visait, d'une part à s'allier avec l'Allemagne nazie et l'Italie fasciste, et d'autre part *à assurer la domination militaire, politique et économique du monde entier, la sphère du Japon couvrant l'Asie de l'Est, les océans Pacifique et Indien (...),*

Considérant que vous avez personnellement agi, d'abord en votre qualité d'attaché militaire à Berlin, pour encourager et rendre possible cette alliance alignant le Japon, l'Allemagne et l'Italie contre les puissances occidentales, en ouvrant de cette façon la voie au pacte tripartite de 1940,

Considérant que vous avez joué ensuite un rôle déterminant, en votre qualité d'ambassadeur du Japon en Allemagne, dans la décision du Japon de déclarer la guerre aux États-Unis d'Amérique et au Royaume-Uni de Grande-Bretagne dans le Pacifique en violation du droit international, (...)

Pour tout cela,
Le tribunal vous déclare coupable d'entente en vue de commettre un crime contre la paix et vous condamne à la prison à perpétuité.
(...)
S'agissant de l'accusation de crimes de guerre également formulée à votre encontre,
(...)
Considérant que vous n'avez pas participé aux activités de commandement de la guerre et n'avez exercé aucun rôle impliquant des responsabilités sur les prisonniers, (...)

Le tribunal vous acquitte pour cette accusation.

*
* *

Journal de Nejiko Suwa

17 novembre 1948.
Oga est effondré. Il m'a informée de la décision du tribunal pour Oshima. Mais à quoi s'attendait-il ? Il m'a fait promettre d'aller jouer pour l'ex-ambassadeur et les autres prisonniers politiques à Sugamo. Je n'ai pas eu le courage de refuser. Sur les vingt-huit, sept ont été condamnés à la peine de mort. Pour tous les autres, ou presque, prison à perpétuité.

12 décembre 1948
J'ai parlé pour la première fois de ma relation avec Oga à maman. Elle est restée silencieuse et m'a simplement répondu : ton violon te fait déjà souffrir, alors pourquoi ajouter au tableau un homme marié ?
Pourquoi lui en ai-je parlé ?

12 février 1949
Les Américains ne jurent que par le jazz. J'ai beau écouter, je ne vois vraiment pas où est

la nouveauté, où est l'apport musical... Les morceaux les plus connus sont d'une extrême simplicité du point de vue de la composition. Immobilité rigide, stéréotypie, unité du banal. Et même dans leurs prétendues improvisations les plus extravagantes, on repère vite le schéma.

23 septembre 1949

Tante Anna m'a appris la mort du professeur Kamensky. Cela s'est produit il y a deux jours à Paris. Knessia lui a adressé un télégramme. Ils l'ont enterré au cimetière russe de Sainte-Geneviève-des-Bois.

Elle en a aussi profité pour me dire que la santé de Staline se détériorait et qu'après sa mort, elle pourrait enfin rentrer dans son pays.

« Que feras-tu là-bas sans nous, Anna Dmitrievna ? » lui ai-je lancé comme je le faisais enfant.

Elle m'a répondu : « Je commencerai par te trouver un beau musicien russe comme mari et je me précipiterai aux représentations de Chostakovitch et Prokofiev, n'étant pas près de les croiser un jour au Japon, ces deux-là... »

Comment vais-je faire sans elle quand elle sera partie ?

23 janvier 1950

Aujourd'hui, à midi, nous avons fêté mes trente ans avec maman et Tante Anna. Le givre scintillait sur les fenêtres. Maman avait préparé mes plats préférés : rouleaux de kombu et yuba au jus de yuzu... J'ai déjà l'impression de vivre dans les regrets.

Quand Tante Anna a attrapé mon violon pour jouer un morceau de sa composition, je lui ai demandé si elle croyait qu'il s'agissait d'un Stradivarius ou bien d'un Guarneri comme le prétendait ce Français. Elle a pris un air fâché en me disant que puisque tout le monde le reconnaissait comme un Stradivarius et qu'il m'avait été présenté comme tel, je n'avais aucune raison de continuer à me tourmenter avec ça. Maman a ajouté : « Serais-tu assez naïve pour donner ton joyau à ce menteur qui le revendrait aussitôt au plus offrant ? »

24 mai 1950

Hier, j'ai reçu une longue lettre de Gerigk. J'avais presque oublié son existence. Il est toujours marié avec la chanteuse Elfriede Beckmann. Il a pris un emploi de critique musical dans le journal local de Dortmund. Contrairement à Furtwängler, il ne semble pas avoir été inquiété par la justice de son pays, ni même par les Américains. Ou bien il ne m'en a rien dit. Tout le monde semble reprendre une vie normale. Il m'a félicitée pour ma tournée au Japon et mes derniers enregistrements. Comment peut-il bien être au courant de ce que je fais depuis l'Allemagne ?

31

Mars 1951. Impossible de laisser le monde une seconde sans surveillance. L'homme est insatiable en matière d'hégémonie et de guerre, de puissance et de sauvagerie.

Staline défie Truman en réclamant publiquement la mise en place d'un tribunal d'exception pour juger l'Empereur Hirohito et quatre généraux, dont Shiro Ishii, pour crime contre l'humanité. La tension monte de nouveau. Soviétiques et Américains se jaugent par pays interposés. La Corée leur semble un excellent terrain de jeu. Des divisions communistes nord-coréennes entrent en Corée du Sud pro-américaine. Les Nations Unies condamnent cette agression et Truman donne l'ordre au général MacArthur d'intervenir depuis le Japon, précipitant l'intervention de la Chine communiste.

La guerre et la politique, Nejiko a toujours mis un point d'honneur à s'en tenir à l'écart. Tout juste est-elle au courant que le Japon a retrouvé sa souveraineté, même si les troupes du général MacArthur restent stationnées dans le pays.

Un matin, elle trouve dans son courrier une enveloppe officielle du commandement suprême des forces alliées au Japon. Sur un carré de papier cartonné, un message dactylographié :

Le général MacArthur vous prie de le retrouver jeudi 18 mars 1951 à 11 h 30 pour un entretien de trente minutes dans son bureau au siège du commandement suprême.

Nejiko relit plusieurs fois les quelques lignes. Difficile de les interpréter. Le style est cérémonieux et prévenant mais reste aussi directif qu'une convocation. Elle envisage toutes les hypothèses, et s'inquiète une nouvelle fois pour son violon.

Le jeudi 18 mars, elle est introduite par une ordonnance dans le bureau de Douglas MacArthur. Elle découvre un homme au corps athlétique, grand, élancé, portant un uniforme sombre parfaitement ajusté, avec des galons dorés. Mâchoire carrée, nez droit, sourire franc et chaleureux, yeux bleus, Nejiko se surprend à lui trouver des airs d'acteur de cinéma. Sur son bureau, toutes sortes de documents et parapheurs, quelques objets de décoration exposés, des Ray-Ban noires qui traînent. Nejiko est saisie par l'aspect fastueux de ce bureau deux fois plus grand que son appartement. Le général la salue, et l'invite d'un geste ample à le suivre pour prendre place dans le coin salon. À peine sont-ils assis qu'un autre militaire vêtu de blanc se présente. Sans prendre la peine de le regarder, MacArthur lui commande deux coupes de champagne, sauf si Madame y voit un inconvénient. Puis il s'exclame :

« Je ne supporte pas ces maudits Français, mais je bois volontiers leur vin et leur champagne ! »

Nejiko demeure silencieuse, souriant poliment à ce trait d'humour.

Le général poursuit sur sa lancée. « Je me suis laissé dire que vous avez habité presque dix ans à Paris. Qu'avez-vous appris de la France, à part le pessimisme bien sûr ? »

Mise à l'aise par tant de familiarité, elle répond spontanément sans se rendre compte de ce que peuvent suggérer ses propos :

« À rester fière de ma nationalité quels que soient les événements ! »

MacArthur se raidit un instant avant de laisser échapper un profond éclat de rire :

« Votre empereur ne m'avait pas menti, dix ans là-bas et vous avez adopté leur répartie ! Méfiez-vous de ne pas terminer comme eux. Prenez leur général de Gaulle : la dernière fois que je l'ai vu faire son autocritique devant Truman, c'était pour mieux se vanter. »

Préférant éviter de poursuivre sur un registre aussi périlleux, Nejiko demande humblement au Commandant suprême la raison de sa présence ici.

« Oui, oui, oui… J'aurais dû commencer par cela, vous avez raison. Je ne vous ai évidemment pas fait venir pour parler des Français. »

Le général prend quelques instants pour retrouver le fil de sa pensée avant d'expliquer :

« Je vois chaque semaine l'empereur Hirohito qui m'a parlé de votre rencontre il y a quelque temps à Kobé. Il se trouve que nos deux pays, avec d'autres d'ailleurs, s'apprêtent à signer un traité de paix en Californie le 8 septembre prochain. Le Japon reconnaîtra l'indépendance de la Corée et d'autres îles et s'engagera à verser des compensations aux pays victimes de son expansionnisme militaire. »

Au mot *compensation*, Nejiko frémit, certaine que le sort de son violon est en jeu.

— En quoi suis-je concernée ? murmure-t-elle d'une voix étranglée.

— Le 15 septembre 1951, soit quelques jours seulement après la signature du traité de San Francisco, un concert de charité en plein air sera organisé à Los Angeles pour célébrer la paix, lui répond le général MacArthur. L'empereur s'est permis de me souffler votre nom pour représenter le

Japon à cette occasion. Cela serait un symbole formidable !

Nejiko retrouve son souffle et laisse échapper, soulagée :

— Mais que vais-je bien pouvoir jouer ?

Le général MacArthur sourit devant ce qu'il prend pour un excès de modestie.

— Madame Suwa... J'imagine que vous avez pu entendre flotter dans les airs ma passion pour Beethoven ! J'admire chez lui cette façon de faire de la musique politique !

Nejiko n'en revient pas ! Elle croit revivre ses discussions avec Oga et Onchi, quand ils s'interrogeaient sur la manie des dirigeants à vouloir absolument politiser l'art. Alors, n'y tenant plus, elle lui répond :

— Pardonnez-moi, mais la musique est simplement de la musique, elle n'a rien de politique. Les hommes politiques se l'approprient aux fins qui leur conviennent. Prenez Beethoven, ma tante Anna, qui a fui la Russie après la révolution bolchévique, m'a raconté que Lénine adorait sa sonate pour piano en fa mineur, *L'Appassionata*. Je sais que Hitler faisait jouer la *Neuvième* à chacun de ses anniversaires. Churchill, lui, plébiscitait la *Cinquième*. Et ici, au Japon, on dit qu'avant de s'envoler en 1945, les kamikazes buvaient du saké en écoutant l'*Ode à la joie*... Vous voyez, là où un maestro comme Furtwängler vous dirait que Beethoven, c'est l'accord entre le Moi et l'humanité, les politiques y entendent tout ce qu'il leur plaît d'entendre... Et surtout ce qu'ils ont l'intention de lui faire dire...

Surpris par cette tirade, le général, qui n'a pas pour habitude de perdre la face, se lève pour signifier la fin de leur entretien. Il conclut :

— Notez que je ne suis pas un homme politique mais un militaire ! C'est sans doute ce qui me rapproche des sentiments des musiciens. Je suis plus sensible au rythme et à la cadence qu'aux messages symboliques !

À la porte, le général salue Nejiko et ajoute, pour signifier que l'affaire est entendue :

— Bien évidemment, tous vos frais à Los Angeles seront pris en charge par le comité d'organisation, l'hôtel mais aussi les billets d'avion. Nous vous faciliterons toutes les démarches diplomatiques et des agents sur place vous accompagneront pour assurer votre sécurité.

32

Plus qu'un état d'esprit, un *state of mind*, le jazz a toujours été pour moi une communauté. Congédié du corps de musique des gardiens de la paix de la préfecture de police dès mon départ de Berlin pour le Japon, je n'avais, en 1946, aucune urgence à regagner Paris quand les Américains m'exfiltrèrent de Tokyo pour me convoyer en Californie où les GI me laissèrent là – *good luck* – livré à mon sort.

Los Angeles. Ville nébuleuse, nouvelle terre promise de l'Amérique où paradaient déjà vedettes et acteurs sur Sunset Boulevard et Vine Street, qui traînait aussi son lot de tristesses et de guenilles, ses façades de gloire, son envers du décor, la drogue, l'héroïne. Cette immense machine broyeuse de rêves, ces starlettes scintillantes transformées en serveuses de drive-in ou en prostituées, ces apprentis comédiens devenus flics, livreurs, ouvriers, électriciens, maquereaux...

Pour cinquante dollars par mois, j'ai trouvé refuge dans la chambre d'un motel poisseux, derrière Vernon Avenue, avec toujours ce même paysage de palmiers, de grandes avenues, quelques immeubles négligés en brique rouge, des types louches qui zonent, des voitures de patrouille qui déboulent sirènes hurlantes... Dedans, des bruits partout, des cris, des craquements de boiseries sous les pas des voisins, le bruit du néon qui grésille, le plafond fissuré et sale. Dehors, les crissements réguliers des roues en acier des tramways sur les rails, les nuits si souvent agitées de cette ville tonitruante.

Et pourtant, au milieu de toutes ces âmes venues pour Hollywood et le cinéma, je ressentais, avec une force inconnue jusque-là, le pouls de la vie. J'étais convaincu, peut-être comme Nejiko à la même époque, que ma trompette et le jazz m'aideraient toujours à sortir du brouillard, qu'ils me protégeaient. Rythme, flot, onde, matière, mélodie, je me noyais chaque nuit dans les recoins bebop et les bars jazz de la ville : le Trade Wings, le Billy Berg's, le Surf Club, le Haig, le Tyffany's Club et surtout le Lighthouse d'Hermosa Beach.

Là, je rencontrais ma nouvelle famille, non pas celle des bohèmes, des hipsters, non, celle des musiciens du jazz West Coast, des Blancs comme moi, avec un style mêlant musique écrite et libre improvisation, des types curieux, issus de la même formation classique que moi, et introduisant, dans ce que le jazz américain produisait déjà de merveilleux, des instruments inédits comme le hautbois, le tuba ou le cor.

Mes nouveaux amis s'appelaient Stan Getz, Chet Baker, Art Pepper, il y avait aussi bien sûr quelques Noirs – on parle tout de même de jazz ! – Curtis Counce, Buddy Collette, Hampton Hawes, toute cette avant-garde, tous ces gars adorables devenus des partenaires de bœuf. Je m'imprégnais à fond de leurs influences bebop et swing déployant avec eux un jazz tantôt lent et douloureux, tantôt frénétique et spontané. Mais j'essayais aussi de leur apporter du nouveau, lançant à mon tour des expérimentations, convoquant des compositeurs classiques que je connaissais, comme les impressionnistes français Debussy ou Ravel. Eux écoutaient, riaient, ils gardaient mon tempo, improvisaient, et je crois bien que c'est comme ça qu'ils finirent par m'adopter, me couronnant ironiquement du surnom de Count French Felix.

Dit comme ça, j'espère que vous comprenez pourquoi j'étais toujours là en 1951, le jour où j'ai appris la venue de Nejiko Suwa dans cette ville que je considérais à présent comme la mienne. Il faut absolument que je raconte ce soir-là.

J'étais au Lighthouse, l'atmosphère enfumée et chaude était irrespirable, Stan hurlait qu'on ouvre portes et fenêtres pour faire entrer un peu d'air frais. C'est ce moment-là que choisit Miles Davis pour faire son apparition majestueuse, une première dans ce club, en s'écriant à la cantonade « C'est donc là, le paradis du cool jazz... »

Quelques applaudissements, des sifflets, *Hey Miles*... Il avait vingt-cinq ans mais nous le considérions déjà tous comme une légende. Il avait joué avec les plus grands, Dizzy Gillespie, Charlie Parker, Thelonious Monk, Billie Holiday... Après son concert de ce soir-là au Finale Club de Los Angeles, il avait tenu à se faire conduire au Lighthouse dont l'aura était parvenue jusqu'à New York, pour vérifier ça de ses propres yeux, défier ces blancs-becs à coups de *jam session* pour leur montrer que le jazz, c'était joué à New York par des Noirs et de nulle autre façon.

Il avait déjà forcé sur l'alcool et la dope avant d'arriver. Il s'assit à la table où nous étions, avec Stan et quelques autres, et commanda six whisky soda. Il attrapa ma trompette au pied de la table et du regard interrogea pour savoir qui en jouait. Je fus sans doute trahi par mon accent français qu'il reconnut immédiatement, avant de s'écrier, moqueur, à la cantonade : « Le premier trompettiste français à se produire en Amérique ! » Hilarité générale.

Il poursuivit la discussion avec moi sur un ton plus sympathique et, tandis que je n'arrivais toujours pas à réaliser que j'étais en train de discuter avec Lui, il m'expliqua qu'il revenait de plusieurs mois à Paris où il avait joué salle Pleyel avec le groupe du pianiste Tadd Dameron. Après chaque concert, il filait dans un quartier qui grouillait de clubs de jazz dans les sous-sols.

— Saint-Germain ! m'exclamai-je.

— Ouais, je crois bien que ça sonnait comme ça, me confirma-t-il.

C'est là qu'il avait rencontré une Française. « Bon Dieu ! Quelle femme. J'étais fou amoureux d'elle. J'ai bien cru l'épouser. Elle était chanteuse, Juliette Gréco, ça ne te dit rien ? » me demanda-t-il, le regard encore troublé d'émotion. Non, ça ne me disait rien. « Pas grave. Ce qui compte, c'est que dans ton pays, un Noir comme moi peut épouser une femme blanche sans que ça soit un problème. Ici, nous les Noirs, on est juste bons pour le jazz. »

L'héro le faisait tourner en boucle sur Juliette dans un interminable monologue.

« Tu sais, elle traînait avec de drôles d'oiseaux... je me souviens d'un peintre, Pablo Picasso. Il venait de terminer le massacre des Coréens par les Américains. Quelle boucherie cette peinture, il fallait voir ça ! Aux dernières nouvelles, il voulait appeler son tableau *Massacre en Corée*... Je me souviens aussi d'un dénommé Sartre. Je l'aimais bien celui-là, il habitait au-dessus du club et on finissait toujours chez lui... Un type bien, qui défendait la cause des Noirs. C'est la première fois de ma vie que j'ai eu l'impression d'être traité comme un être humain par un Blanc. Et puis, je me rappelle aussi d'un trompettiste, Boris Vian. »

À ce nom, je n'ai pas pu m'empêcher d'interrompre son monologue :

— Oh ! Boris, c'est un de mes meilleurs amis ! Un excellent jazzman !

Miles m'a fixé un instant avant de me reprendre :

— Un excellent jazzman... français ! En tout cas, quel zazou, celui-là... Le roi de la fête ! Il se cherchait un peu entre la musique, la peinture, l'écriture, le théâtre mais ce qui est sûr c'est qu'on s'est bien trouvés pour la rigolade !

Sentant que Miles allait passer le reste de la nuit à s'épancher sur sa nostalgie amoureuse, Stan l'a interrompu pour l'arracher à ses souvenirs.

« Miles, c'est bien beau la vie parisienne mais ici, c'est L.A., le temple du cool jazz !

On va te montrer qui sont les rois ! Allez, viens sur scène ! »

Il se leva, accompagné de Stan et de quelques autres, me laissant seul à table aux côtés de mon ami André Prévin, un pianiste hors pair qui venait lui aussi se changer les idées chaque soir dans les clubs de jazz après ses journées passées à composer et diriger pour l'orchestre des studios Universal. Je lui devais des petits boulots de chauffeur ou de coursier pour le tout Hollywood et aussi quelques piges musicales pour les bandes-son de motion pictures. Ce soir-là, c'est lui qui me parla de sa participation à un concert de charité qui devait avoir lieu le lendemain à l'*Hollywood Bowl*, pour célébrer le traité de paix. Toutes les vedettes d'Hollywood y seraient, mais aussi des stars internationales, comme la violoniste japonaise Nejiko Suwa.

Mon corps s'est raidi. J'ai senti une boule dans ma gorge. Je me suis cru victime d'une illusion jusqu'à ce qu'il ajouta :

— Quel beau symbole, tu ne trouves pas, Félix ? Une violoniste japonaise en Californie...

Nejiko Suwa... J'avais presque fini par l'oublier mais tout m'est revenu en une bouffée, la guerre, les nazis, Lazare Braun, le violon, le *Laissez-moi tranquille* de Nejiko sur les quais du port de Tokyo... J'ai décidé de raconter toute l'histoire à André Prévin, enfin « Priwin », car André était né en Allemagne et avait fui, avec toute sa famille juive, la montée du nazisme pour se réfugier en Amérique.

Ébranlé par le récit, il m'a demandé ce qu'il pouvait faire pour m'aider.

J'ai bu mon whisky soda d'un trait et je lui ai simplement demandé de donner mon nom à l'entrée des artistes pour que je puisse rendre visite à Nejiko dans sa loge avant le concert.

Prévin a hoché la tête.

33

Daily Los Angeles : La première star de la musique classique à remettre le pied sur le sol américain depuis la signature du traité de Paix.

California Post : La plus grande violoniste japonaise de tous les temps.

The New York Times : Une immense artiste.

L. A. Story : Un talent incroyable. Stellaire.

Collée au hublot de la Pan American, Nejiko observe l'aile de l'avion se découper sur le ciel. Une hôtesse la débarrasse de sa tasse de thé vide. C'est la première fois que Nejiko prend l'avion, quelle sensation d'apaisement dans les airs, quel agréable sentiment de flottement, de tranquillité et de calme. L'atterrissage est proche. L'avion perd de l'altitude, de légères turbulences, quelques secousses dans la couche nuageuse, des masses d'air, et puis la terre devient visible, d'immenses plaines désertes, l'océan à perte de vue, et progressivement une couche urbaine, immense, large, « Los Angeles, préparez-vous pour l'atterrissage ». Nejiko n'a jamais rien vu d'aussi beau, surplomber le monde. Elle songe aux bombardiers anglais et à leurs pilotes, que pouvaient-ils bien ressentir en appuyant sur le bouton ? Tout est si beau, si calme, si haut, si loin des gens, si féerique, ici. L'avion se rapproche du sol, le train d'atterrissage sort avec fracas, trente mètres, la piste d'atterrissage est en vue, vingt mètres, la tour de contrôle, les bâtiments de l'aéroport, dix mètres, Nejiko plaque la paume de sa main droite contre le siège avant, cinq mètres, la piste d'atterrissage, trois mètres, un mètre, les deux roues arrière touchent le sol puis l'ensemble, l'affolement du moteur et des freins sur la piste pour réduire la vitesse, la pression sur sa main droite, et enfin le relâchement en arrière, le soulagement, quelques virages et l'avion s'arrête.

Un comité d'accueil attend Nejiko à la sortie de l'avion avec un immense bouquet de fleurs offert par les organisateurs de l'événement. Deux officiers du gouvernement se tiennent en retrait mais demeurent vigilants.

Un petit groupe de journalistes a vite fait de l'entourer.

*
* *

Retranscription de la conférence de presse de Nejiko Suwa à sa sortie de l'avion sur le tarmac de l'aéroport de Los Angeles, le 13 septembre 1951 (archives du *Los Angeles Times*)

— Madame Suwa, est-ce que votre présence à ce concert est un symbole pour le rétablissement de l'amitié entre nos deux pays ?

— Oui bien sûr ! Mais je suis avant tout une violoniste. Je viens pour faire de la musique, et la musique véhicule des sentiments universels parmi lesquels l'aspiration à la non-violence et à la paix.

— Qui vous a invitée ?

— Le général MacArthur m'a fait cet honneur. C'est un mélomane, au point de faire diffuser du Beethoven par les avions B-59 dans les airs de Tokyo…

— Allez-vous jouer du Beethoven demain soir ?

— Non. J'ai prévu de revenir à mes premières inspirations. Mendelssohn, un compositeur allemand juif que l'on m'a trop longtemps empêchée de jouer.

— Madame Suwa, vous êtes ici à Hollywood. Aimez-vous le cinéma et comptez-vous aller visiter les studios ?

— J'adore le cinéma. J'y vais dès que je peux. À Tokyo j'habite à deux pas du cinéma Hibiya. Lorsque je vivais à Paris aussi, je fréquentais déjà assidûment les salles.

— Quel est votre acteur américain préféré ?

— Gary Cooper, sans hésiter !

— Madame Suwa, quel est pour vous le plus grand compositeur du moment ?

— Cette question est difficile. Je ne veux vexer personne...

— Personne n'écoute, Madame Suwa. Nous ne le répéterons pas !

— Dans ce cas, j'hésiterais entre Igor Stravinsky et Dimitri Chostakovitch. Mais je sais que vous le répéterez !

— Est-il vrai que vous avez de la famille soviétique ?

— Ma tante Anna a fui la révolution bolchévique. Elle aimerait pouvoir rentrer dans son pays mais c'est aujourd'hui impossible. Cela explique sans doute ma sensibilité à l'école russe.

— Quelle est la meilleure école pour une violoniste ?

— Il n'y en a pas une meilleure que les autres. J'ai été influencée par l'école russe mais aussi par l'école franco-belge lorsque j'ai achevé ma formation à Paris, et par l'école germanique avec le maestro Furtwängler. Elles forment aujourd'hui un tout cohérent dans mon univers musical.

— Madame Suwa, est-il exact que vous avez été emprisonnée à Bedford avec une délégation de Japonais ? En voulez-vous aux Américains ?

— Je n'ai aucun ressentiment. J'ai été traitée avec beaucoup de respect et d'humanité. Mais je n'aime pas parler de la guerre, c'est le passé. La musique colle mieux à l'air du temps, c'est le mouvement, la vie. En jouant, chaque note en crée une autre, et elles s'assemblent, jusqu'à former une mélodie intérieure et collective.

Les officiers américains s'approchent de Nejiko et l'invitent à les suivre tout en repoussant poliment la foule des journalistes. Ils se présentent, Jim Tomson, Bill Hodges, gouvernement américain, chargés de l'accompagner partout durant ces trois jours.

Les deux hommes prennent ses valises – mais pas l'étui où est rangé son violon, qu'elle conserve farouchement près d'elle – et tous trois marchent jusqu'à la Chrysler noire qui les attend pour se diriger vers Grand Avenue dans Downtown, où trône le Biltmore Hotel et ses onze étages, le plus luxueux palace de la ville.

La démesure du hall impressionne Nejiko. Un réceptionniste s'empresse de l'accueillir. Des messages l'attendent déjà à la réception. L'un est de sa tante Anna, pour l'encourager. Quelques demandes d'interviews et d'entretiens.

Les formalités sont vite expédiées, un groom la conduit jusqu'à sa suite. Nejiko l'écoute commenter l'origine des fresques qu'elle découvre en chemin, les peintures murales, les fontaines, les colonnes de marbre sculptées, les murs lambrissés de chêne, les rambardes en bronze, les tapisseries brodées, les lustres en verre de Murano et en cristal...

34

15 septembre 1951 – *Hollywood Bowl*, Los Angeles.

L'Amérique triomphe et Nejiko est à nouveau au cœur de la célébration de cette victoire. Traits fins, pommettes hautes, cheveux au carré, sourcils noirs comme des ailes d'hirondelle, c'est à son tour de monter sur la scène en plein air, montée pour l'occasion. Le maître de cérémonie, l'humoriste Bob Hope, lui attrape délicatement la main et la conduit près du chef Alfred Wallenstein qui dirige l'orchestre philharmonique de Los Angeles. Les membres de la formation l'applaudissent. La foule l'acclame. La première artiste japonaise à être ovationnée après-guerre en Amérique.

Nejiko laisse flotter son regard sur les artistes qui l'ont précédée. Ils sont là, au premier rang, eux aussi l'applaudissent. Benny Goodman, le roi du swing, tout sourire avec sa coiffure impeccable et ses lunettes discrètes.

Le public a salué son interprétation de *The Man I Love*. Clarinettiste de génie, il est le seul musicien de jazz à s'être déjà produit dans le temple du Carnegie Hall avec ses deux amis, Count Basie et Duke Ellington. Il y a aussi le compositeur Carmen Dragon, Hy Averback, John Fante, Florence George, Lester « Les » Brown avec son tube *Over the Rainbow*. Lionel Barrymore, auréolé de son oscar de meilleur acteur et de son rôle dans *La Vie est belle* de Franck Capra, le chanteur Gordon MacRae, révélé à Hollywood, le pianiste Johnny Green, Golden Globe Award, qui vient à peine de terminer l'arrangement d'*Un Américain à Paris*. Et bien sûr, le pianiste et compositeur André Prévin qui a joué deux standards de jazz, *Duet* et *Uptown*. Bref, tout ce que Los Angeles compte de stars de la scène, du cinéma, de la radio, de l'écran. Des artistes en pagaille, deux cents musiciens de prestige.

Nejiko attend que le silence se fasse. Le soleil rougeoie et décline lentement. Elle est figée, debout, son violon dans la main droite et l'archet dans l'autre, un léger souffle lui caresse le visage... La veille, elle a répété toute la journée avec Wallenstein et l'orchestre philharmonique. Un travail épuisant. D'habitude, il lui faut au moins deux jours pour se familiariser avec un orchestre en tant que soliste. Mais là, son programme ne lui a laissé qu'une journée et cela s'est révélé plus difficile. Cet orchestre américain est plus nerveux, plus électrique que ceux avec lesquels elle a joué au Japon. Et son chef s'est fatigué à corriger par petites touches, ajustant un peu là, puis ici, et un peu là-bas, les violons, le piano, les violoncelles, les contrebasses, les bassons, les cors, les hautbois... Beaucoup de patience a été nécessaire. Nejiko n'échangeait qu'avec Wallenstein pour lui faire part de ses commentaires, jamais avec l'orchestre. En commentant la partition de Mendelssohn, elle lui donnait ses impressions : ici la note ne doit pas être trop brève, il faut un léger *legato*. Là c'est beaucoup trop viril, il faut davantage de douceur, plus de rondeur. Wallenstein écoutait, notait et reprenait avec l'orchestre.

Wallenstein adresse un signe de tête à Nejiko, lève sa baguette et lance le *Concerto numéro 2 pour violon* de Mendelssohn. L'orchestre émet deux notes longues et chaleureuses puis Nejiko enchaîne. Le premier mouvement vibre de ferveur sur un thème *allegro molto appassionato*. Nejiko y pose des notes claires, limpides, particulièrement au moment de son solo. Le second mouvement, *andante* apaisé comme un rêve éveillé, révélant tout le romantisme de Mendelssohn, conquiert le public. Enfin, le dernier, *allegro molto vivace*, achève de l'enthousiasmer de ses traits capricieux. L'interprétation est parfaite. Nejiko aurait bien joué ici ou là quelques notes différemment mais dans l'ensemble, elle est satisfaite.

Après une trentaine de minutes d'interprétation, elle salue avec Alfred Wallenstein, sous les ovations de l'orchestre et du public. Les applaudissements déferlent des premiers rangs et de toute la colline. Les musiciens frappent sur leur pupitre. Elle se retire dans les coulisses, tout au long du couloir jusqu'à sa loge, des personnes la félicitent, des flashes crépitent, des « bravo » spontanés, des sourires, quelques demandes d'autographes.

Et quand elle entre dans sa loge, c'est moi qu'elle trouve confortablement assis sur son canapé. Seule la stupéfaction l'empêche de hurler. Pour la rassurer quant à mes intentions, j'ai près de moi un magnifique bouquet de fleurs que je m'empresse de lui tendre. Ne me laissant pas le temps de lui faire des compliments sur son interprétation, elle me demande ce que je fais là, et quand je l'interroge en français sur les antécédents de son violon, c'est alors qu'elle me reconnaît et décide de faire face.

Elle estime n'avoir commis aucun crime pour l'obtenir. Elle considère que dans son pays, refuser un cadeau est considéré comme un manque de respect et une offense très grave, que l'ambassadeur Oshima ne lui aurait jamais pardonné un tel affront à l'Empereur, à qui ce cadeau était indirectement adressé...

« Nous y voilà ! L'obéissance aux ordres, la fidélité à l'Empereur, toujours les mêmes salades pour s'exonérer de sa propre responsabilité... Une dernière chose, si l'Empereur vous avait demandé de vous sacrifier l'auriez-vous fait sans réfléchir ? »

Je me souviens de son regard noir, de la colère qui prenait possession de sa peau, de sa chair quand elle me répondit qu'au plus fort de l'incendie provoqué par le tremblement de terre de 1923, des professeurs avaient sacrifié volontairement leur vie pour sauver le portrait sacré de l'Empereur accroché dans chaque classe... Avant de s'emporter :

« Assez, je n'ai pas à me justifier devant vous, comment osez-vous me déranger ici, sortez, je ne veux plus jamais vous revoir ! »

Alertés par les éclats de voix, les deux officiers se précipitent à l'intérieur de la loge et me plaquent au sol. Pendant qu'ils me menottent et me relèvent, je hurle à mon tour mon indignation à Nejiko. Comment ose-t-elle parader avec ce violon devant des musiciens juifs comme mon ami Prévin ? Pense-t-elle sincèrement que jouer du Mendelssohn suffira à laver son âme ?

Déjà emmené par ses sbires, je ne vois pas l'effet de ces derniers mots sur elle.

Après six mois de détention, on me renvoie à Paris sans que j'aie pu saluer Stan ni les autres...

35

Hiver 1952. Encore une image, une dernière, celle de la Toyota qui emmène Nejiko, en compagnie d'Oga, à la prison de Sugamo.

Dans l'automobile, il lui explique sa vision de la nouvelle partition du monde, où Occidentaux et Soviétiques se livrent une guerre sournoise, où seule la terreur nucléaire glace le déclenchement des hostilités. Un rideau de fer divise l'Europe et, en Corée, trois ans de guerre vont bientôt ramener les belligérants à leur point de départ. À l'image du sénateur McCarthy, rien n'inquiète davantage les Américains que cette peur du Rouge, et dans cette chasse aux sorcières à tout prix, le Japon est devenu un précieux allié en Asie.

« Cela peut paraître lointain et théorique, lui glisse Oga, mais cela a des conséquences très concrètes. » Il évoque sa situation personnelle et apprend à Nejiko qu'il vient d'être réhabilité par le ministère des Affaires étrangères. Dans les tout prochains jours, il sera affecté à l'ambassade du Japon en Norvège. Nejiko fait mine de s'en réjouir mais dans son journal, elle n'aura pas de mots assez durs pour décrire ce qu'elle prend comme une trahison et un abandon, surtout après avoir appris que, cette fois, son épouse l'accompagne.

Mais revenons dans la voiture où Oga poursuit ses développements. Désormais, les anciens dirigeants japonais conservateurs, naguère proches de l'Empereur, ne font plus figure de repoussoirs. La popularité des prisonniers politiques de Sugamo ne cesse de progresser dans l'opinion publique. Particulièrement depuis ce jour où Oshima a convaincu ses codétenus de participer à l'effort de guerre pour défendre les Coréens du Sud. La presse s'en est fait l'écho, saluant cet effort des anciens dirigeants du régime pour confectionner des vêtements et autres objets destinés aux soldats engagés aux côtés des Américains. Il ne fait désormais plus de doute que leur libération, et même leur amnistie, sont proches. Un traitement de faveur leur est déjà accordé dans l'enceinte de Sugamo : ils ont un bâtiment réservé, doté d'une cour privative. Ils ont aussi obtenu l'autorisation d'imprimer leur propre journal, dont l'éditorial traduit bien sûr tout le mal qu'ils pensent des communistes. Ils bénéficient enfin de loisirs conformes à leur standing, comme ce concert que Nejiko s'apprête à donner.

Est-elle naïve au point d'imaginer que ce symbole ne sera pas interprété ? Ou bien se produit-elle pour honorer la promesse qu'elle avait faite à Oga ? Ou bien encore souhaite-t-elle montrer qu'elle est libre comme elle l'a toujours été et que sa musique lui appartient, à elle et à personne d'autre ? Autre hypothèse : a-t-elle reçu la bénédiction des Américains pour ce concert en l'honneur des prisonniers de guerre ? Ma seule certitude : elle ne se serait jamais produite devant un parterre de communistes japonais.

Le directeur de l'établissement les accueille sur le perron du bâtiment principal aux murs de briques peints en blanc dans une brume hivernale. Il les invite à le suivre jusqu'au bâtiment des détenus politiques, après qu'un photographe a immortalisé la scène.

Des dizaines de voies austères séparent les bâtiments éparpillés, partout des gardiens en patrouille, des miradors, des barbelés en haut des murs qui montent jusqu'au ciel. Seule couleur qui rehausse le tableau : la fleur rouge d'un petit camélia d'hiver au pied du baraquement regroupant les détenus politiques.

À l'approche du groupe, le garde en faction se met au garde à vous, puis ouvre la porte. À l'intérieur, deux autres militaires les accueillent dans une atmosphère humide et froide. D'un geste de la main, le directeur signifie qu'il n'est pas nécessaire de fouiller l'étui à violon de Nejiko. Le groupe poursuit son cheminement dans un large couloir, bas et rectiligne, éclairé tous les dix mètres par une lumière artificielle. Régulièrement, des grilles intermédiaires ralentissent leur progression, le temps que le directeur s'empare de la bonne clef dans son trousseau. Ils bifurquent dans une autre aile et, de part et d'autre du couloir, ils longent à présent des cellules où les détenus sont assis sur des paillasses à même le sol. Quelques bruits désagréables, des pas qui résonnent sur le sol, le cliquetis des clefs qui s'entrechoquent. Raides dans leurs uniformes, les gardiens semblent imprégnés de l'ambiance métallique des lieux.

Ils entrent enfin dans une grande salle aux murs blanc pâle, ternes. Le réfectoire a été transformé pour l'occasion, les tables ont été enlevées et des tatamis disposés devant un pupitre. Quelques minutes passent, les premiers prisonniers s'installent tandis que le directeur rappelle à l'oreille de Nejiko l'interdiction formelle de s'adresser aux détenus. Debout, les gardiens quadrillent la salle, postés à intervalles réguliers mais le calme et la discipline du public rendent cette présence presque superflue. Oshima entre en dernier, puis chacun s'assoit en silence, jambes repliées, sur les tatamis.

Nejiko se lance sans plus attendre. Et je me pose toujours la même question. En l'imaginant interpréter le *Concerto numéro 3* pour violon de Mozart devant des détenus reconnus coupables de crimes de guerre et de crimes contre la paix, je me demande quel message elle a voulu offrir avec sa musique. Quelle histoire a-t-elle voulu raconter ? Les archives de la presse japonaise m'ont donné une piste, un jalon : en 1952, l'opinion publique japonaise porte déjà un regard plus clément et miséricordieux sur ses anciens dirigeants et hauts dignitaires, jadis proches de l'Empereur. Pourquoi imaginer que Nejiko aille à rebours de son époque et des idées dominantes de son pays ? N'est-elle pas une parfaite icône du Japon dans ses tiraillements et va-et-vient entre modernité, autorité et tradition ?

Une fois la dernière note éteinte, le silence se fait, prolongé, total. Toute la salle reste muette, aucun murmure, aucun applaudissement. On devine que Nejiko, troublée, fixe un à un les visages, les bouches entrouvertes, les mines figées. Elle espérait évidemment sinon une acclamation, au moins un signe de remerciement... Mais rien. Rien que ce vide qu'elle déteste tant. De nouveau, elle ressent cette angoisse, cette peur viscérale qui la conduit depuis toute petite à vouloir précisément se saisir d'un violon et faire surgir le son qui l'ébranle, comme il nous ébranle tous, pour combler ce vide. Elle voudrait crier. Hé ! oh ! c'est fini ! vous pouvez applaudir ! Mais déjà les surveillants ordonnent aux prisonniers de se lever et de former les rangs pour regagner leurs cellules. Quand le directeur s'approche d'elle, ayant deviné son trouble, ses explications sur l'obligation faite aux détenus de garder le silence arrivent trop tard.

Finale

Maintenant, c'est fini. Le meilleur chapitre de sa vie est derrière elle.

Le temps passe et, peu et à peu, Nejiko s'enferme dans un long silence.

Dans sa vie où tant de fils se mêlent et s'entrelacent, désormais, plus rien n'allume la passion, tout semble terne, fade. Les saisons défilent les unes après les autres dans un air monotone et Nejiko assiste impuissante au flétrissement de sa vie.

Qu'est-ce donc que la musique ? Un bref son entre deux silences ? Un long silence entre deux mélodies ?

Elle a vécu. Elle a couru le monde mais, désormais, elle a décidé de se laisser glisser. Elle passe des journées entières dans son appartement, derrière sa fenêtre, à observer les passants, à regarder le flot de la vie qui coule ailleurs. Elle reste des heures, allongée à même le sol, à écouter les sons de la pièce, les mémorise, les classe, les répertorie, du plus anecdotique comme celui de la goutte d'eau qui se fracasse sur une assiette en bambou abandonnée dans l'évier, jusqu'aux plus mélodieux qu'elle assemble et traduit mentalement en musique.

Que sont devenus ses rêves et ses illusions ? Revit-on jamais les chimères de jadis, les mélodies évaporées ?

Le mieux est peut-être de lui laisser la parole. Elle a trente-cinq ans et écrit ces lignes :

J'ai toujours pensé que le pire sentiment est l'amertume. Et c'est exactement celui qui m'habite en ce moment. Je deviens si amère. Mes années les plus heureuses ont été celles que j'ai passées en Europe. J'aimerais crier la joie qui était la mienne en cette période où l'élan vital et musical étaient intimement liés. Mais comment faire aujourd'hui ? Comment savourer ces instants passés ? Était-il convenable de connaître, au plan personnel, bonheur et amour alors que triomphaient partout la destruction et la mort ? Et maintenant que le monde est en paix, maintenant que la joie de vivre et l'insouciance enflamment l'avenir, je suis triste, de tout mon être, bien plus que je ne l'ai jamais été.

Nejiko se sent délaissée. Quelque chose la dérange qu'elle parvient enfin à matérialiser : hier, elle partait seule pour l'Europe laissant sa famille au Japon. Aujourd'hui, tous l'abandonnent, et la laissent seule ici avec son violon. Elle se convainc que sa vie ne sera désormais plus qu'un tissu de douleurs solitaires.

Après Oga, c'est au tour de sa tante Anna de la quitter. À la mort de Staline, elle tient parole et rentre en Abkhazie, près de la mer Noire, dans le sud de l'Union soviétique où elle a passé son enfance. Et à Nejiko qui lui demande si elle lui enverra plus de nouvelles qu'Oga, Anna s'amuse à raconter l'histoire des trois papillons.

Le premier dit « J'ai vu la flamme de l'amour ». Le deuxième s'exclame « Mes ailes ont souffert des flammes de l'amour ». Le troisième ne dit rien, il se jette dans le feu et meurt consumé. Seul le dernier papillon a vraiment connu l'amour. Et, espérant inciter sa nièce à reprendre le violon, elle lui lance : « La musique est une passion bien plus sage que l'amour, crois-en mon expérience. »

Après le 30 novembre 1954, date du décès de sa mère – le même jour que celui de Wilhelm Furtwängler, il n'y a pas de hasard – le silence devient une personne à part entière dans la vie de Nejiko. Il n'est jamais facile de supporter la mort d'un être cher, chacun la surmonte à sa manière, mais elle refuse ce fait. Elle écrit :

Qu'est-ce qui fait, pour moi, qu'un être est vivant ? Pas autre chose qu'entendre sa voix. Alors où est la différence ? Même morte, maman reste vivante pour moi puisqu'elle continue à me parler.

Difficile de ne pas voir dans ces lignes une manifestation de son embarras à regarder la réalité en face. Cette réalité qu'elle a toujours pris soin de mettre à distance d'elle et qui revient pourtant toujours avec violence.

Des rumeurs apparaissent quant à l'origine de son violon, des suspicions émergent qui se transforment très vite en reproches. Défiance. Dissonances. Nejiko ne supporte pas ces soupçons qu'elle va jusqu'à qualifier de mesquineries quand elle apprend qu'ils ne viennent pas seulement de journalistes mais aussi d'autres musiciens japonais. Tout ce tintamarre doucereux et dissimulé, qu'elle prend pour de la perversité, finit par la plonger dans ce que ses médecins diagnostiquent comme une dysthymie, une dépression, en somme.

Une dépression qui va durer quinze ans.

Un jour elle reçoit dans un courrier anonyme un exemplaire de la première édition japonaise de *Anne no Nikki*, *Le journal d'Anne Franck*. Elle note dans son carnet cette phrase extraite du livre sans plus de commentaires :

Il m'est absolument impossible de tout construire sur une base de mort, de misère et de confusion, je vois comment le monde se transforme lentement en un désert, j'entends plus fort, toujours plus fort, le grondement du tonnerre qui approche et nous tuera nous aussi, je ressens la souffrance de millions de personnes et pourtant quand je regarde le ciel, je pense que tout finira par s'arranger, que cette brutalité aura une fin, que le calme et la paix reviendront régner sur le monde.

Quelle partie de cette phrase l'inspire le plus ? La fin, *tout finira par s'arranger*, ou plutôt le début, l'impossibilité de bâtir sur les trouées de l'âme ? Fait-elle un parallèle inconscient avec sa propre capacité à produire un son pur avec son violon, cet instrument offert par Goebbels, cet homme qu'elle considère maintenant comme un assassin ? À moins que ce ne soit l'ensemble de la phrase, dans son tout cohérent, dans l'allégorie qu'elle incarne.

La réalité est un tout sans détail, mais un tout qui ne se laisse attraper que par une accumulation de détails, de sorte qu'en omettre un seul c'est déjà la déformer.

Détail qui ne trompe pas, Nejiko ne joue plus, même pas quelques notes, elle a arrêté ses tournées, et même si la controverse sur son violon se dégonfle vite, elle préfère rester en retrait. Aux rares journalistes qui s'intéressent encore à elle et l'interrogent sur cette hibernation musicale, elle répond, sans que je puisse dire si elle est vraiment sérieuse, que les temps ont changé, que le jazz de Davis, le folk de Cohen, la pop des Beatles ont tout balayé sur leur passage et qu'à présent, ce que désirent les gens c'est participer, hurler, chanter, danser. Dans cette nouvelle ère musicale, si les rythmes sont binaires et simples, s'ils manquent de nuances, c'est encore mieux. Prélude au divertissement.

Signe d'un affaissement progressif de l'époque, elle cède aussi, depuis l'arrivée des images en couleur, aux charmes de la télévision. Sa nouvelle manière de voir le monde à peu de frais. Elle ne fait plus l'histoire mais observe, depuis son salon, l'histoire en mouvement.

Le 10 octobre 1964, elle a décliné la proposition de l'Empereur de se produire pour la cérémonie d'ouverture des Jeux olympiques de Tokyo, les premiers en Asie. Trop peur d'une nouvelle polémique sur son violon. Qu'importe. Assise confortablement devant son poste de télévision, elle profite de l'instant comme si elle y était, avec les quatre-vingt-dix mille spectateurs du grand stade olympique, les douze mille ballons multicolores, les huit mille pigeons qui prennent leur élan vers le ciel, et puis, encore un symbole – mais l'Histoire est-elle faite d'autre chose ? – l'entrée dans le stade du jeune sportif Yoshinori Sakai, né à Hiroshima le jour de l'explosion de la bombe. Il fait un tour de stade avec la flamme olympique en étendard, monte sur le podium et devant le monde qui se détend, Américains et Soviétiques venant de signer un accord de coexistence pacifique, il embrase la vasque dans un puissant et irrésistible souffle de paix.

Mais la paix demeure toujours fragile quand elle ne repose pas sur un vigilant travail de mémoire. Ce jour-là, qui se souvient que c'est Hitler qui a instauré le symbole du relais de la flamme olympique aux jeux de Berlin en 1936 ? Pas Nejiko et pourtant, plus que quiconque, elle devrait se le rappeler. Mais ce moment télévisé la plonge dans d'autres souvenirs.

Enfant, elle aurait tant aimé faire davantage de sport, inspirer à pleins poumons, expirer, sauter le plus loin possible, le plus haut, courir, oui, courir, les cheveux libres au vent, éprouver plus fortement la force de son corps, de ses jambes, la contraction de ses muscles, suffoquer une fois la ligne d'arrivée franchie et lutter, dans un râle, pour absorber l'air, stopper la sensation d'étouffement et calmer l'exaltation de son cœur.

Nejiko ressasse. La nuit elle se met à parler à ses juges imaginaires. « Je suis certaine que si vous aviez connu la guerre comme moi… »

Elle entame des phrases qu'elle ne termine jamais. « Je n'avais que vingt-trois ans... j'étais si jeune... Je n'ai jamais... »

Elle s'enfonce dans la nuit. Sans musique, le temps n'existe pas.

Il lui faut sortir du noir.

La lueur vient de là où elle ne l'attendait plus. En 1967, à quarante-sept ans, elle reçoit sa première lettre d'amour. Une lettre habitée de mots sensibles et puissants, belle, longue, passionnée. Une de celles qui enflamment les sentiments, où, à la fin, tout vous paraît magnifique et resplendissant. Le ciel et son bleu azur intense. L'appartement irradié de lumière. La vie qui semble, peut-être, pouvoir reprendre son cours, comme si un rayon de soleil faisait à nouveau cligner son cœur.

C'est Oga, bien sûr. À quoi sert de garder une part de rancœur quand le bonheur s'offre enfin ? Elle ne réfléchit pas longtemps. Quel autre choix, de toute façon ? Elle s'accroche à cette lettre comme à une planche de salut, comme elle l'avait fait en d'autres temps avec le vieux luthier parisien.

Une onde, un battement, un mouvement, le temps repart et s'accélère, les sons aussi, la fin du silence. Ils se promettent de partir vivre ensemble en Europe, de retourner visiter Paris.

Inspiration, souffle, impulsion. L'année suivante ils décident de se marier.

Et puis ?
Et puis, la rumeur du monde ne devient plus pour Nejiko qu'une lointaine mélodie. Avec Oga, ils ont décidé de repartir vivre en Allemagne. Ils atterrissent à Cologne en octobre 1968. Oga a été nommé directeur de l'Institut culturel japonais. Il lui a vanté cette ville de musiciens qui a vu naître Jacques Offenbach et Max Bruch et même le chancelier Adenauer.

C'est la première fois que Nejiko remet les pieds sur le sol allemand depuis 1945. Impression saisissante. Partout des bâtiments neufs, en construction, des grues géantes, de grandes infrastructures à peine sorties de terre. On dit que, contrairement aux hommes, les villes ne meurent jamais. Rasées, elles repoussent. Détruites, elles ressuscitent. Battues, elles ne sombrent pas. Mais certaines, Tokyo, Berlin, Dresde, Hambourg, Le Havre, Hiroshima, Stalingrad, Brest, Nagasaki, Rostock, Caen, Cologne, et d'autres encore, ne cicatrisent plus, leurs blessures et brûlures restent à vif ; elles obligent les hommes – les vivants – accablés d'avoir perdu en un souffle toute l'épaisseur visible et accumulée du temps, à tout recommencer, à monter de nouveau vers le ciel puis à redescendre, inévitablement, pour recommencer encore. Plaies béantes, lambeaux urbains, brasiers dont les cendres virevoltent encore dans l'air pour qui sait les distinguer, fractures irrémédiables, lésions profondes, champs de poussières misérables offerts aux caprices du vent, autant de traumatismes de voir ainsi anéantie à jamais la beauté des trésors patiemment bâtis et assemblés au travers des siècles.

C'est, en substance, ce que raconte leur chauffeur à Oga et Nejiko. Il s'appelle Frantz et parle avec les yeux brillants de cette ville – sa ville –, du nouvel opéra qui ne désemplit pas les soirs de concert, des trains qui peuvent de nouveau franchir le Rhin sur le pont Hohenzollern et ceux de la Deutzer Brücke et de la Severinsbrücke reconstruits pour les voitures. Il parle du premier tronçon de métro tout juste inauguré qui permet d'aller de Gare centrale jusqu'à Friesenplatz ; il évoque aussi les trésors préservés de la cathédrale, ses reliques des rois mages ; à la fin de la guerre, il ne restait plus qu'elle, c'est la deuxième la plus haute du monde. Ce qu'il ne dit pas en revanche, c'est la froideur de la ville, les habitations sombres qui se noient dans l'épaisseur grise des nuages, l'austérité, la sévérité des gens.

Le temps passe et un jour à midi, de retour d'une flânerie au hasard des rues, Nejiko apprend par sa bonne qu'un monsieur se présentant comme une vieille connaissance de Paris a laissé un mot pour elle : *Je suis de passage pour la journée à Cologne. Rendez-vous à quinze heures à l'intérieur de la cathédrale. Herbert Gerigk.*

Sa tête bourdonne, les réminiscences explosent en elle, le temps se dérobe.

Dans l'obscurité de la cathédrale, elle ne le reconnaît pas immédiatement. Il a changé. Ses cheveux sont devenus blancs, tout comme ses sourcils en bataille. Jouflu, son visage est resté celui d'un homme au sang lourd, plein de passions brutales et de pesants appétits terrestres. Il est fier de lui annoncer qu'il dédicace aujourd'hui à Cologne son *Dictionnaire de la musique*, édité grâce à la générosité de la maison d'édition Hanefeld, celle-là même qui avait publié son *Dictionnaire des juifs en musique*. Il lui parle de la vie paisible qu'il mène à Bochum, ville tranquille entre Dortmund et Cologne, et de son métier de critique musical pour le journal local, les *Dortmund Ruhr-Nachrichten*.

Devant l'étonnement de Nejiko, il concède bien quelques « tracasseries administratives », en particulier cette commission d'enquête de l'Office fédéral allemand des restitutions extérieures qui l'accuse de détournement et de confiscation d'instruments et matériels musicaux en France et dans l'Europe occupée ; ou bien encore ces jalousies, notamment l'épisode où des musiciens – dont Carl Orff – se sont opposés à sa nomination dans l'administration, mais rien de particulièrement inquiétant. Il balaie tout cela en citant le chancelier Adenauer : « L'oubli de ses propres fautes est la plus sûre des absolutions ».

Comme Nejiko garde le silence, il lui demande d'un air badin des nouvelles de son Stradivarius. Prenant un ton faussement inquisiteur, il plaisante en l'accusant d'avoir sans doute hésité à le vendre au juif le plus offrant tant elle peut en tirer une fortune considérable. À ces mots, Nejiko lui assure que ce violon ne lui a attiré que des ennuis et elle lui assène que cet instrument qu'il présente encore comme un Stradivarius est en fait un Guarneri.

« Un Guarneri ? D'où tenez-vous de telles sornettes ? »

Nejiko développe et Gerigk reconnaît qu'il est possible que son revendeur alsacien lui ait menti, et coupe court une nouvelle fois à la discussion. « Quant à savoir ce qu'il faisait et s'il volait lui-même des violons aux juifs, ça ne me regardait pas et ça ne regarde toujours personne aujourd'hui ! »

Tout cela dit avec la même désinvolture que celle de Göring au procès de Nuremberg affirmant n'avoir jamais eu connaissance de crimes contre les juifs, et se mettant à condamner, avec des trémolos dans la voix, ces effroyables massacres qu'il assurait ne pas arriver à comprendre.

Pour Nejiko, l'heure du retour au Japon approche. Elle sait qu'elle ne le quittera plus.
En quittant définitivement l'Europe, elle m'adresse un télégramme. Avec le recul, comment ne pas y voir un premier appel à l'aide de sa part, pour l'aider à rétablir la part équilibrée de vérité.
Je l'ai devant moi, elle y dit ceci :
Mes accusateurs feraient mieux de s'intéresser à un certain Gerigk, Herbert Gerigk, qui vit à Bochum, c'est avec lui que vous trouverez la clef.

Je ne suis jamais allé à Bochum, je n'ai pas cherché Gerigk. Je n'en suis pas fier mais j'ai au moins le courage de l'avouer.
Chacun poursuit ses propres fantômes, ses âmes damnées, les notes souillées des musiques écoulées.
Nejiko Suwa jouait-elle avec le violon de Lazare Braun comme le prétendait ce luthier parisien ?
Je l'ignore.
Qui est Nejiko Suwa ?
Une célèbre violoniste japonaise dont la vie romanesque a épousé l'histoire mais surtout

une femme qui se dérobe à moi, à nous, avec ses ombres, ses énigmes et ses secrets. Toute vie amorce le mystère.

On dit d'ailleurs que ce qu'on ne sait pas, il faut l'inventer. Essayons.

Novembre 1983, Tokyo. On retrouve Nejiko au Japon.

Pour enfermer définitivement ce passé lourd et pesant, elle décide de se laisser envahir par la musique pour un ultime récital après trente années de silence.

Nejiko a soixante-trois ans et dans la voiture qui la conduit à cette soirée d'adieu, au travers des lumières qui illuminent la ville et sa skyline, elle contemple Tokyo qui bascule définitivement dans la modernité et ne cesse de prendre de la hauteur. Shinjuku, Shibuya, Roppongi, Park Avenue, Keio Plaza Hotel, toutes ces tours écrasent maintenant les ruines d'un passé englouti dans les fondations, le Sunshine Building et ses deux cent quarante mètres de métal et d'acier trône à l'emplacement exact de la prison de Sugamo.

On la voit dans sa loge, elle se concentre, écoute sa respiration. Progressivement ses muscles se relâchent et se détendent. Elle attrape son violon, le pose sur ses genoux, le caresse délicatement comme elle en avait autrefois l'habitude. Elle contemple l'instrument, mais, cette fois, ne lui parle pas. Elle écoute son silence. C'est alors que le timbre de son âme lui apparaît, et il a la sonorité des cris terrifiés, des hurlements, des sanglots, du crissement aigu des trains qui freinent sur leurs rails, de tous les appels désespérés des âmes prisonnières de son corps.

On frappe à la porte de sa loge : « C'est à vous, Madame Suwa. Une minute ». Elle se lève avec son violon, ouvre la porte et suit ce fantôme qui la guide dans le couloir. Un frisson la parcourt. Elle imagine tous ces morts dans le froid de la glaise, leur peau rongée par les vers, les ossements mêlés à la terre. Le fantôme se retourne. Il a l'apparence du Kaminari dont elle avait si peur petite, le Dieu du tonnerre habillé d'un pagne en peau de tigre et qui mange le nombril des enfants qui se mettent trop en avant.

Elle arrive devant un immense voile noir qui ondule, tournoie et menace de l'envelopper. « Dix secondes, Madame Suwa. »

Elle panique, cherche désespérément la lumière, une infime lueur qui la guiderait vers la scène. En vain. Sa tête, son corps sont pris dans un tourbillon, elle serre de toutes ses forces son violon ce qui ne fait qu'amplifier l'écho des voix, ces voix rauques qu'elle entend à présent distinctement, qui l'implorent, la supplient de les libérer...

Le fantôme a changé d'apparence, il a maintenant les traits d'un jeune homme au visage émacié, sa peau qui épouse ses os lui donne la silhouette d'un mort. Il se dirige vers Nejiko à pas chancelants, avec dans la main un violon qui ressemble en tout point au sien. Il la dévisage de ses yeux vides et creux, il cherche à articuler quelque chose, ouvre douloureusement la bouche, s'y reprend à plusieurs fois, et finit par prononcer en français, d'une voix brisée : « Voici comment on interprète sincèrement Mendelssohn... Laissez-moi vous guider ».

Le temps de placer le violon au creux de son cou tout en positionnant l'archet de son autre main, le rideau s'ouvre, la lumière irradie l'espace, Nejiko se retrouve seule face aux projecteurs qui l'aveuglent, agrippée à son violon, et une première note surgit. Elle encadre à elle seule le silence des morts.

Remerciements

Toute ma gratitude à mon éditeur, qui n'a eu de cesse de m'encourager pour ce premier roman.

Merci à Caroline Faure, amie de longue date et camarade de promotion, pour ses précieux conseils.

Merci à Anthony L. et Julie N. pour leur aide matérielle et linguistique au Japon au cours de mes nombreux séjours dans ce pays. C'est grâce à eux que j'ai découvert l'étonnant café *Le violon* dans le quartier d'Asagayakita à Tokyo, où l'on écoute encore des enregistrements sonores de Nejiko Suwa.

Le Stradivarius de Goebbels relève, d'une certaine manière, du roman historique, en ce que j'ai parfois pris, pour les besoins du récit, quelques libertés avec les archives, notamment en restituant des dialogues qui ne sont pas tous directement extraits d'une source précise.

Il m'est difficile de rendre compte avec équité de l'accueil attentif et de la disponibilité que m'ont réservés les chercheurs durant les années que j'ai passées à me documenter. Je voudrais adresser un remerciement collectif aux institutions publiques internationales œuvrant pour le travail de mémoire, et notamment à l'IFZ (Institut für Zeitgeschichte) de Munich et le Yad Vashem World Holocaust Remembrance Center de Washington, avec une mention toute particulière pour celles de mon pays, notamment les Archives Nationales et le CDJC (Centre de documentation juive contemporaine).

Parmi les ouvrages spécialisés, ce roman a grandement bénéficié des travaux de Willem de Vries, *Commando Musik : comment les nazis ont spolié l'Europe musicale* (éditions Buchet Chastel), des conversations passionnantes entre Haruki Murakami et Seiji Ozawa rapportées dans *De la musique – Conversations* (éditions Belfond) mais aussi du livre captivant de Hyacinthe Ravet, *Musiciennes : enquête sur les femmes et la musique* (éditions Autrement).

Ce roman s'appuie aussi sur des témoignages de musiciens, célèbres ou anonymes, publiés ou trouvés sur des forums consacrés à la musique, au jazz et au violon. Je me sens aussi profondément redevable à l'égard de Clara B., violoniste, qui a pris le temps de m'aider et n'a cessé de m'instruire sur la musique et les particularités de cet instrument, ainsi que de Maude Antoine, doctorante à l'EHESS pour sa relecture historique vigilante.

Enfin je tiens à remercier des amis très proches sans lesquels ce livre n'aurait probablement pas vu le jour : Frédéric Potier (Délégué interministériel à la lutte contre le racisme et l'antisémitisme), David Medioni (Fondateur du Média littéraire Ernest), Yves Douet (directeur littéraire du festival Impressions d'Europe), Nicolas Cardou, Fabien Tastet et Simon Munsch. Chacun d'entre eux sait ce que je lui dois.

À ma mère (mélomane), mon père (saxophoniste amateur), ma sœur et, surtout, Esmée et Jeanne, puissent-elles ne jamais renoncer à la voie qui les inspire.

13679

Composition
NORD COMPO

Achevé d'imprimer à Barcelone
par CPI Black Print
le 11 décembre 2022

Dépôt légal décembre 2022
EAN 9782290357569
OTP L21EPLN003092-394343

ÉDITIONS J'AI LU
82, rue Saint-Lazare, 75009 Paris

Diffusion France et étranger : Flammarion